insel taschenbuch 4602

Das Fest der Liebe

Weihnachten ist das Fest der Liebe – was zu beweisen ist. Indem die Geschenke besonders originell ausfallen, die Weihnachtsgeschichte der Liebsten einmal in einem ganz anderen Rahmen erzählt wird, dem verstorbenen Onkel Frank ein Denkmal gesetzt wird, Mutter und Sohn sich – zufällig? – auf einer Bank vor der Bahnhofsmission zur Bescherung treffen.

Weihnachtsliebe – mitmenschlich, christlich, erotisch – treibt seltsame Blüten. Davon wissen die in diesem Band versammelten Autorinnen und Autoren ein Lied zu singen: Friedrich Ani, Antonia Baum, Tanja Dückers, Anna Katharina Hahn, Katja Kullmann, Harald Martenstein, Stefan Moster, Katja Petrowskaja und viele andere.

Das Fest der Liebe

Neue Weihnachtsgeschichten

Herausgegeben von Susanne Gretter

Insel Verlag

Erste Auflage 2017
insel taschenbuch 4602

Vertrieb durch den Suhrkamp Taschenbuch Verlag
Umschlaggestaltung: hißmann, heilmann, hamburg
Umschlagabbildung: Kat Menschik, Berlin
Satz: Satz-Offizin Hümmer GmbH, Waldbüttelbrunn
Druck: CPI – Ebner & Spiegel, Ulm
Printed in Germany
ISBN 978-3-458-36302-6

INHALT

Schöne Bescherung

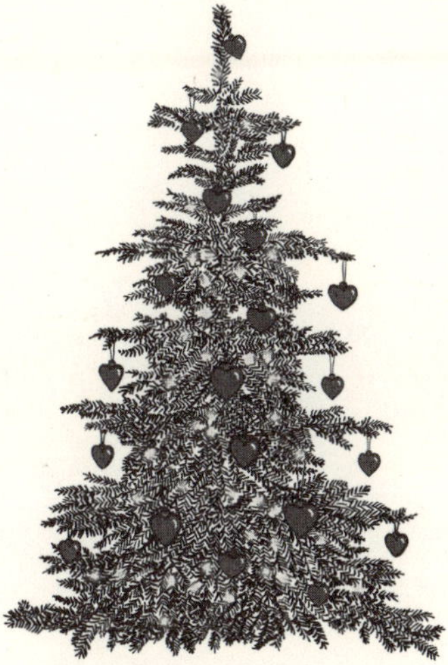

Friedrich Ani

Bescherung an Gleis 11

Das Jahr, das Jahr, o Herr, das Jahr ... Er hätte gern besser gebetet, eindeutiger im Sinne von ... Er wusste es nicht. Alle paar Minuten sah er zum Himmel hinauf, in der vagen Hoffnung, eine Art Erleuchtung käme über ihn, und er würde begreifen, was die vergangenen Monate ihm hatten sagen wollen; oder die vergangenen Jahre; oder das Leben ...

»Suchen Sie da oben was?«

Offensichtlich hatte die Frau schon die ganze Zeit auf der Bank gesessen und ihn beobachtet. Eingehüllt in einen Wollmantel aus fusseligem Grün, den langen Schal, der früher einmal sonnengelb gewesen sein musste und inzwischen von dunklen Flecken und Schlieren überschattet wurde, mehrfach um den Hals gewickelt, mit ihrer grauen, bis zur Nasenwurzel heruntergezogenen Mütze schien sie wie erstarrt auf etwas zu warten. Ihr Blick auf das andere Ende der Bahnhofshalle gerichtet, die Lippen ein Strich im runzeligen Gesicht, wirkte sie nicht wie jemand, der soeben einen Satz gesagt oder überhaupt einen Laut von sich gegeben hatte. Der Mann war sich nicht sicher, ob sie ihn gemeint hatte; oder ob eine andere Person mit ihm gesprochen hatte. Er sah sich um. Auf dem Bahnsteig war sonst niemand. Sie waren allein, er und die Frau.

»Hallo?«, sagte er.

»Hallo.«

Er erschrak fast, weil sich ihr Mund nicht bewegt hatte. Dann klopfte er sich mit der Faust auf den Kopf. »Ich wollte nicht unhöflich sein«, sagte er.

Die Frau schaute über die Gleise und, wie er feststellte,

über die Züge hinweg, zur Decke hinauf, so, wie er unentwegt zum Himmel blickte. »Ich auch nicht«, sagte sie. »Aber ich darf Ihnen verraten, da oben ist nichts. Wenn Sie möchten, setzen Sie sich, ich beiß nicht, jedenfalls selten.«

Er wollte nicht sitzen; er war gekommen, um einen Tee zu trinken und ein Schmalzbrot zu essen und sich bei den Frauen von der Bahnhofsmission zu bedanken, weil sie das Jahr über so freundlich und unaufdringlich gewesen waren und ihm nicht das Gefühl gegeben hatten, ein Spinner oder Totalversager zu sein; fast hatten sie ihn wie einen gern gesehenen Gast behandelt, der in ein Gasthaus kam. Bestimmt täuschte er sich – sie kannten Leute wie ihn genau, sie wussten Bescheid ... Er wollte danke sagen und dann gehen und ... und ...

Er setzte sich auf die Bank, neben den rechteckigen, in eine Plastiktüte eingewickelten Gegenstand, um den die Frau ihren rechten Arm gelegt hatte.

»Guten Abend«, sagte er.

»So spät ist's noch nicht.«

»Ja.« Ihm fiel nicht ein, was er noch sagen könnte. Er schämte sich ein wenig für das Rascheln seines Anoraks; sogar, wenn er bloß dasaß, die Hände in den Taschen und praktisch keinen Mucks machte, bildete er sich ein, der Stoff gäbe ein Geräusch von sich. Kaum schlug er die Beine übereinander ... Er tat es, fühlte sich unwohl und stellte die Beine nebeneinander; er lehnte sich nach hinten, wieder nach vorn ...

»Sind Sie nervös?«, fragte die Frau.

»Nein.«

»Josefa ist mein Name. Josefa Bredstedt, wie die Stadt.«

»Welche Stadt?«

»Die Stadt Bredstedt.«

»Ach so.«

»Bredstedt in Nordfriesland.«

»Ist es da schön?«

»Sie haben eine Wildwasserrutsche und eine Wasserkanone im Schwimmbad. Beachvolleyball können Sie auch spielen. Ist was geboten in Bredstedt.«

Hinter ihm wurde die Tür zur Bahnhofsmission geöffnet; er hörte Stimmen von drinnen. Jemand ging schlurfend über den Bahnsteig in Richtung Halle; er schaute nicht hin; womöglich kannte er die Person.

»Ich bin Donald. Früher haben meine Freunde Aldy zu mir gesagt.«

»Andi?«

»Aldy.«

»Aldi wie Rewe?«

»Mit Ypsilon am Schluss.«

»Wieso?«

»Bitte?«

»Wieso mit Ypsilon?«

Er dachte nach. »Das hab ich vergessen.«

»Donald und wie noch?«

»Trump.«

Ihr Kopf schnellte so schnell herum, dass er zusammenzuckte. Sie sah ihn an, als wäre er eine Erscheinung. »Sie sind der amerikanische Präsident?«

»Wer?« Er kam nicht mehr mit. In seinem Kopf stimmte etwas nicht; das hatte er schon heute früh gleich nach dem Aufwachen gedacht, oder zu denken geglaubt; er brachte seine Gedanken nicht mehr zu Ende, er fing an, etwas zu denken und ... und ... »W-Was?« Er hörte, wie er stotterte und hielt sich, wie ein Kind, die Hand vor den Mund.

»Der heißt Trump, der Präsident, seine Vorfahren waren aus Deutschland. In Amerika sagen sie Tramp zu ihm. Ist aber Trump, wie Sie. Donald Trump.«

»Ich bin kein Präsident.«

Nachdem sie ihn ausgiebig betrachtet hatte – seine grauen, splissigen Haare, sein rundes, bleiches Gesicht mit den Bartstoppeln, seine knisternde Jacke, seine schwarzen Jeans, seine knöchelhohen Stiefel –, schüttelte sie mit finsterer Miene den Kopf. »Wenn Sie Präsident wären, mein lieber Scholli, dann wären Sie aber in kürzester Zeit ganz schön runtergekommen. Aber auch so was kann passieren. Guten Tag, Herr Trump.«

»Hallo, Frau ... Frau ... Frau ...«

»Frau Bredstedt. Josefa.«

»Danke.«

»Da nicht für.«

»Bitte?«

Während sie ihn weiter ansah, schwieg sie eine Zeitlang. »Da oben ist nichts«, sagte sie noch einmal.

Er wiederholte ihren Satz, weil er keine Ahnung hatte, was er sonst sagen sollte.

»Nichts.« Josefa nickte, wandte sich ab, behielt das Paket fest im Arm.

Wieder ging hinter ihnen die Tür auf, wieder wehten Stimmen heraus, Aldy überlegte, ob es serbisch, kroatisch oder albanisch war, oder bloß das Gebrumm eines Oberpfälzers, der sich verirrt hatte. Der Gedanke ließ ihn schmunzeln; er dachte ... dachte an die Schusterei, in der er gearbeitet hatte, fast ... fast vier Jahre? Unmöglich. Wie die Straße in Weiden hieß, wo sich die Werkstatt befand, hatte er schon längst vergessen. Er war dann zurück nach München gezogen. In seinem Kopf überschlugen sich die Ereignisse. Und die Frau hatte ihn gerade etwas gefragt. Oder nicht?

»Ja?«, sagte er. Gern hätte er ihren Namen hinzugefügt; er wusste ihn nicht mehr.

»Ich hab Sie gefragt, ob Sie Kinder haben, hören Sie mir nicht zu?«

»Doch. Doch, ich habe ... Nein, eigentlich nicht, ich habe ... Meine Frau hat eine Tochter, meine Exfrau, Frau ... Frau ...« Dann hatte er eine Eingebung, und er empfand ein kleines Glück. »Josefa! Josefa!«

»Was ist denn? Schreien Sie doch nicht so. Sie sind also geschieden.«

»Ja.« Plötzlich erinnerte er sich an die Tür hinter ihm, die aufgegangen und wieder geschlossen worden war, ohne dass er jemanden hatte herauskommen hören. Verwirrt drehte er den Kopf, warf einen Blick über die Schulter zum Gebäude; durch das Türfenster schimmerte Licht. Drinnen gab es Tee und belegte Brote, und er hatte Hunger, und der Tag verging; seit dem frühen Morgen irrte er durch die Stadt, von einer Brücke zur nächsten, unentschlossen, wahrscheinlich, wie er sich sagte, einfach nur feige. In das Männerwohnheim, wo er sich ein Zimmer mit Georg teilte, der noch nie ein böses Wort zu ihm gesagt hatte und ihm von allem, was er besaß, etwas abgab, Essen und Kleidung, und der geduldig war und schweigen konnte, würde er nicht zurückkehren, so viel stand fest. Alles andere eigentlich auch ... Trotzdem war er hier; er war schwarz mit der Tram gefahren, weil er zu Fuß den Rückweg von der Großhesseloher Brücke nicht mehr geschafft hätte; der Hunger hatte ihn angetrieben; nun saß er neben der Frau ... der Frau ... neben Josefa und ...

»Wo ist sie?«, fragte Josefa.

Er sah sie an, aber sie hatte wieder den Kopf leicht angehoben und blickte zu einem ihm rätselhaften Punkt in der Ferne. »Wen meinen Sie?«

»Ihre Tochter natürlich.«

»Weiß nicht, wo sie ist.«

»Und Ihre Exfrau.«

»Weg.«

»Ist mir klar, dass sie weg ist, deswegen ex. Wo ist sie hin?«

»Husum.«

Wieder drehte sie so unerwartet den Kopf zu ihm, dass er einen Schrei ausstieß. »Was ist denn?«, sagte Josefa. »Was machen Sie, Herr Trump? Um Gottes willen!«

»Entschuldigung. Ich bin so … Ich wollte nicht …« Er setzte von Neuem an und verstummte. Jemand hatte die Hand auf seine Schulter gelegt.

»Grüß Gott, Herr Trump«, sagte die Frau mit den roten Locken. »Trauen Sie sich heut nicht zu uns rein?«

»Doch … doch, Frau Hanke … Ich war … Das ist … Sie heißt Josefa, stimmt's, Josefa?«

Frau Bredstedt kniff die Augen zusammen und ignorierte die Besucherin hinter ihr. Anna Hanke hielt einen Teller mit Weihnachtsgebäck hoch. »Die Vanillekipferl hab ich selber gebacken, die anderen Plätzchen sind von meinen Kolleginnen. Bitte greifen Sie zu, Sie auch, Josefa.«

Aldy streckte die Hand aus, da sagte Josefa: »Nicht gut für die Zähne.«

Als hätte er einen Schlag bekommen, zog Aldy die Hand weg und steckte sie in die Anoraktasche; sosehr er sich sofort für sein Verhalten schämte, er wusste nicht, wieso.

»Heut machen wir mal eine Ausnahme, probieren Sie die Kipferl, bittschön«, sagte Anna Hanke.

»Natürlich.« Aldy nahm ein Kipferl vom Teller und steckte es sich in den Mund. »Das schmeckt wunderbar, Sie müssen … So was Gutes hab ich lang nicht gegessen, bitte, Frau … Josefa … weil Heiligabend ist …«

»So spät ist's noch nicht«, sagte Josefa wieder und drückte das Paket fester an ihre Seite.

»Hernach, bei uns im Warmen, essen Sie noch mehr, Herr Trump«, sagte Anna Hanke, ließ noch einmal die Hand auf seiner Schulter ruhen und ging wieder hinein. Die Stimmen, die durch die offene Tür huschten, klangen lauter als vorher.

Ein weiterer Zug verließ den Bahnhof. Gleis 11, auf dessen Bahnsteig die Frau mit dem Wollmantel und der Mann mit der knirschenden Jacke saßen, blieb verwaist. Mit einer leichten Drehung des Kopfes, die er für unauffällig hielt, taxierte er die Frau neben sich.

Nach einer Weile war er überzeugt, dass sie keinen festen Wohnsitz hatte, oder allenfalls einen wie er, ein Durchgangszimmer in einem Durchgangshaus und ...

»Wieso schauen Sie mich die ganze Zeit an?«, fragte Josefa Bredstedt.

Er zuckte mit dem Kopf. Sie sah ihn nicht an. »Darf ich Sie was fragen?« Das sagte er nur, weil er sich für das Grummeln schämte, das aus seinem Bauch kam; er wollte es übertönen; seine Stimme reichte nicht aus.

»Sie müssen etwas essen, mein Herr«, sagte Josefa.

»Ich kann nicht. Ich bin ... In mir ist ... Das Kipferl war gut ... Was ich Sie fragen wollte: wohnen Sie ... Haben Sie ...?«

Vielleicht hatte er nicht hingeschaut, vielleicht hatte er einen Filmriss gehabt; das passierte ab und zu, dass ... Blitzartig hatte sie sich ihm zugewandt und schaute ihm in die Augen. Ihre Hand, mit der sie unaufhörlich das Paket in der Plastiktüte festgehalten hatte, berührte seinen Arm; wegen der gefütterten Jacke spürte er nicht viel, aber doch ein wenig. In ihrem Mund, bemerkte er, waren kaum noch Zähne; zu seinem Erstaunen klang ihre Stimme hell und klar. Und ihre Augen waren grün wie ihr Mantel. Das erschütterte ihn am meisten, auch wenn er sich nicht erklären konnte, wieso ... und ...

»Heute«, sagte sie zu ihm, »ist Versöhnung vonnöten ...«

Er begriff nichts. »Wie soll ... Wie kommen Sie auf ...?«

»Unterbrechen Sie mich doch nicht dauernd. Sie müssen sich mit dem Kerl in Ihrem Kopf versöhnen, sonst wird das nichts mehr.«

»Was soll denn werden, Frau ...?«

»Alles. Und jetzt gehen Sie rein, essen Sie ein Brot, trinken Sie viel Tee und bleiben Sie da, bis der Abend aus ist. Auf geht's, Mr President.«

Er wartete, dass sie weitersprach; dass die Stimme ihn weiter meinte; dass die grünen Augen vielleicht auf ihn abfärbten. Aber ihr Arm umklammerte schon wieder das Paket, und ihr Blick gehörte der Halle. Zwei oder drei Minuten lang saß er da und wartete. Nicht mal seine Jacke knirschte, das hörte er genau.

Dann stand er auf. Ihn quälte das Bedürfnis, zum Abschied einen Satz zu sagen, nur welchen? Und er bezweifelte, dass sie ihm zuhören würde. Er schaute auf sie hinunter, ihre Mütze reichte mittlerweile fast bis zur Nasenspitze. Also gut, dachte er, klopfte sich mit der Faust zweimal auf den Kopf und sagte: »Wiederschauen, Frau ... Josefa! Wiederschauen ... Wieder ...«

An der Tür der Bahnhofsmission kam ihm ein bärtiger Mann mit einer roten Bommelmütze entgegen; er trug einen braunen, fusseligen Mantel, aus dessen Tasche die Henkel eines Jutebeutels hingen. Aldy hielt ihm die Tür auf und tauchte in ein Meer aus Stimmen von Männern und Frauen, in deren Gegenwart er unsichtbar wurde, so, wie es ihm gefiel.

Auf dem Bahnsteig bemerkte der Mann mit der Bommelmütze die Frau auf der Bank. Er ging zu ihr und stutzte. »Was machst du denn hier, Mama? Wo kommst du her?«

»Von drauß vom Walde«, sagte Josefa Bredstedt, die in Wahrheit Josefa Weidner hieß und ihren Lebtag noch nie in Friesland war. »Schau, ich hab dir ein Geschenk mitgebracht.« Sie strich über das Paket. »Setz dich, mein Junge, und erzähl mir, was du heut alles erlebt hast.«

Antonia Baum

Jane

So ein Batzen Geld in der Tasche, und du bist plötzlich wer. Fühlst dich neu und darfst überall rein. Ich gehe durch den Abend und bin eine Diebin. Aber das klingt scheiße, irgendwie altmodisch, oder harmlos, ich weiß nicht. Ist auch egal jetzt, es hat funktioniert. Wenn meine Mutter das wüsste, aber sie wird es nicht wissen, geh nur weiter, flüstere ich, ruhig und normal. Ich gehe weiter und versuche, nicht zu schnell zu gehen. Das ist schwer, denn unter meiner Lunge brennt es und das Blut dreht sich in meinen Beinen, die rennen wollen. Ich hole das Smartphone aus der Tasche und schmeiße es in die Büsche. Die wenigen Menschen, die kurz nach Ladenschluss in der Seitenstraße unterwegs sind, treiben an mir vorbei, als würden sie von unsichtbaren Seilen gezogen, und genau wie sie muss ich sein, um nicht aufzufallen: eine, die treibt und kauft und geht, ohne bei der Sache zu sein. Eine, die von den Schritten, die sie macht, überhaupt nichts weiß. Nur noch wenige Meter, drei, vier Minuten vielleicht, dann bin ich da, in meinem Hinterhof und in Sicherheit. Den Hauseingang kann ich bereits sehen. Über den Hof und das Hinterhaus gelangt man auf eine Kreuzung, von der aus die U-Bahn direkt zu mir fährt. In dem Hinterhof werde ich meine Sachen loswerden. Die viel zu große Daunenjacke von Nike, die Männerhandschuhe und die Schnellfick-Hose von Adidas mit den Knöpfen an der Seite, das hat mir alles Cem geliehen, er hatte nicht gefragt, wofür ich das brauche. Und die Sturmhaube und die Pistole. Wie ein Kanacke hatte ich ausgesehen, aber das war ja der Plan gewesen. Zuhause hatte ich sogar laufen geübt wie die, breitbeinig, Arme leicht angewinkelt mit vorgeschobener Hüfte.

Der Hof ist leer. Links ist eine Art Holzverschlag, in dem die Mülltonnen stehen, und da gehe ich rein. Weiter: Ich öffne den Reißverschluss der Daunenjacke, was klingt, als würde ich ein großes Insekt verscheuchen. Ich sehe mich um, aber es ist niemand da, und wen interessiert ein Scheißreißverschluss? Ich greife nach der Sportjacke, die ich unter der Daunenjacke versteckt habe und wegen der ich noch fetter aussah. Ich lege die Daunenjacke in die Sporttasche, und die Handschuhe, die Sturmhaube, die Pistole und die Adidas-Hose. Ich bin zu nervös, um das Geld zu zählen, aber es ist mehr, als ich gedacht hatte.

Ich gehe weiter. Als jemand anderes, das heißt: mit langen, offenen Haaren, einer beigefarbenen Wolljacke und einem roten Schal, den ich in der Sporttasche versteckt und nun umgelegt habe. Ich gehe vorbei an den Mülltonnen über den schwach beleuchteten Hof, dessen Boden glänzt wie schwarzer Lack. Als ich auf der Kreuzung ankomme, gehe ich schneller. Ganz normal, wie jemand, der keine Lust hat, nass zu werden. Es schneit dicke Flocken, aber keine runden, fröhlichen, wie es sie in Filmen oder der Werbung gibt, sondern so ausgefranste, die aussehen, als seien sie aus Pisse. Ich meine, das ist doch das Ding mit Filmen, du guckst sie und bist dann enttäuscht, wenn du vor die Tür gehst, bist einfach dauernd enttäuscht.

Ich renne die Treppe zur U-Bahn runter. Menschen schwappen mir entgegen, weil gerade eine Bahn gekommen ist. So ein Schwall, wie Schlamm mit kleinen Tieren drin, die eilig versuchen, da irgendwie rauszukommen. Alle nass und hektisch, in zwei Tagen ist Weihnachten. Sie pressen sich an mir vorbei, ein paar rempeln mich an, aber das ist normal, das ist, was Leute ständig tun, sich gegenseitig anrempeln. Und ich bin gerade sogar irgendwie dankbar dafür, dass auch ich ganz normal angerempelt werde. Sonst flippe ich wegen so etwas manchmal aus und schreie rum. Aber jetzt bin ich still und steige in die U-Bahn, die sofort kommt, als ich unten angelangt bin. Ich erwische einen Sitzplatz gegenüber von einem mit weißer Farbe auf der Arbeitshose und Bier in der Hand. Er sitzt breitbeinig da, setzt die Flasche an den Mund und grinst mich an. Meine Hände zittern noch ein wenig, ich halte meine Tasche fest und sehe zur Decke in das blasse Licht und dann nach links und rechts. In die gelben Gesichter, die sich alle entsprechend der Sitzgelegenheiten sortiert haben, was mich manchmal komplett wahnsinnig macht, aber ich habe jetzt andere Sorgen, das heißt, ich habe, wenn alles gut geht, eigentlich keine mehr. Ich muss lächeln und würde am liebsten jemandem davon erzählen, von mir aus auch dem Mann mit den Flecken auf der Arbeitshose, der, das kann ich aus dem Augenwinkel sehen, schon wieder grinst. Sieht der mir irgendwas an? Nein, wie sollte er, das ist bloß einer von denen, die darauf stehen, Frauen anzugrinsen, dabei ist der und sein dummes Grinsen lächerlich, vollkommen lächerlich im Vergleich zu mir und der Sporttasche mit dem Geld darin. Ich setze mich etwas breitbeiniger hin und rutsche mit den Hüften auf dem Sitz nach vorne. Noch fünf Stationen.

Ich denke, ich habe keine andere Wahl gehabt. Wegen dem Weihnachtsgeschenk für Mama und weil es ein teures hatte sein müssen. Ganz im Ernst, seit mein Vater (Arschloch, ist echt keiner traurig darüber), also, seit er weg ist, seit vier Jahren, da will ich Mama was Teures schenken. Dabei habe ich ihr Geschenk von ihrem Geld bezahlt. Ich habe sie angelogen, von wegen der Hund hat irgendeinen Pilzbefall und braucht teure Medikamente, aber Travis hat überhaupt keinen Pilz. Ich habe außerdem gesagt, ich brauche Geld für Bücher. Weil sie denkt, ich studiere Englisch und Sport auf Lehramt. Fürs Gymnasium. Aber ich gehe nicht hin, bin zwar eingeschrieben, aber ich gehe nicht hin. Wenn das nächste Semester anfängt, gehe ich hin. Ich weiß nicht, was ich machen will, also wirklich machen will. Ich will eigentlich gar nichts machen. Ich gucke Filme. Okay, und ich kiffe. Das ist vielleicht für viele nichts, aber für mich ist es was, die Filme, meine ich. Für Mama wäre es natürlich nichts.

Der Mann gegenüber zieht die Nase hoch und sammelt Rachenschleim. Was mich ekelt. Ich meine, so laut den eigenen Rotz sammeln, das ist wie jemanden anrempeln. Mein Ekel ist ein kleines Tier, das mir über die Schultern unter die Haut bis runter auf die Brust krabbelt. Kann der sich nicht benehmen? Der Mann hat gesehen, dass ich ihm meinen Blick kurz zugewandt hatte, und grinst schon wieder. Er hält das Bier nur zwischen Daumen und Zeigefinger am Flaschenhals, was irgendwie gut aussieht. Gekonnt, finde ich. Das nächste Mal, wenn ich ein Bier in der Hand halte, werde ich das auch versuchen. Ich sehe schnell zu Boden auf meine schwarzen Stiefel.

Mama hatte mir also das Geld, um das ich sie gebeten hatte, gegeben, 240 Euro waren es. So, wie sie eben ist, mit ihrer geföhnten Kurzhaarfrisur, dem feinen Goldschmuck und der dünnen, faltigen Haut um den Mund, der immer kleiner wird. Ganz im Ernst, manchmal denke ich, es ist meine Schuld. Aber das ist Blödsinn. Sie ist stolz auf mich, sagt sie. Sie glaubt an mich, sagt sie. Und mach dich niemals von einem Mann abhängig, aber das sagt sie ja dauernd. Ich war sie besuchen gegangen, um das Geld abzuholen. Eilig hatte sie es, für das sie vorher extra zur Bank gelaufen war, aus der linken Schublade ihres perfekt aufgeräumten Sekretärs hervorgeholt. Sie hatte die Scheine noch einmal glattgestrichen und sie mir lächelnd hingehalten. Tapfer hatte sie ausgesehen. Und dafür hatte ich dann Gras, bisschen was zu essen und ihr Weihnachtsgeschenk gekauft. 170 Euro für ein Scheißsalatbesteck. Wahrscheinlich, weil die Griffe aus Gold waren, der Rest aus Horn. Aber Mama liebt eben solche Sachen. Ich hatte es in dem Laden gekauft, den ich vor etwa 25 Minuten überfallen habe. Drinnen war alles weiß gewesen, und es hatte nach Lilien gerochen. Es war leise Klaviermusik gespielt worden. Die Verkäuferin hatte sehr rote Lippen gehabt und war sofort auf mich zu gesprungen. »Kann ich Ihnen helfen?« Ich hatte den Kopf geschüttelt. »Sie schauen erst mal?« Ich hatte genickt und mich umgesehen. Ihren verächtlichen Einordnungsblick hatte ich sofort bemerkt. Als hätte ich sowieso zu wenig Geld für den Laden. Auf unterschiedlich hohen Tischen hatte Schmuck gelegen, Gold und Silber. Außer mir waren vielleicht fünf Menschen da gewesen. Alle gucken mich an, hatte ich gedacht. Sie hatten sich schnell wieder über den Schmuck, das Geschirr, die Vasen, die Seidenschals gebeugt, einer hatte mit gedämpfter Stimme die Verkäuferin zu sich gebeten und dann hatten die beiden miteinander gesprochen, als würden sie tanzen. Leise, lächelnd und irgendwie glücklich hatten sie ausgesehen. Ich rege mich viel über Hässliches auf, aber ich hasse noch mehr, wenn Dinge zu schön sind, obwohl das auch manchmal das Gleiche ist. Es hatte nicht lange gedauert, bis ich das Salatbesteck entdeckt hatte. Perfekt für Mama. Es war kein Preisschild dran gewesen, aber ich wollte die Verkäuferin auf keinen Fall fragen, was es kosten würde. Ich war zur Kasse gegangen, die auf einem gläsernen Tischchen stand und hatte gehofft, dass ich es bezahlen könnte. Meine Hände waren feucht geworden. Die Verkäuferin hatte gefragt, ob sie es einpacken solle, ich hatte verneint, ohne ein Wort zu sagen, und den Laden verlassen. Für den Überfall war es gut gewesen, dass ich genau wusste, wie es in dem Laden aussah. Obwohl ich, als ich das erste Mal da gewesen war, echt nicht vorgehabt hatte, ihn zu überfallen. Das war dann eigentlich nur wegen Travis.

Der Mann, der vor mir sitzt, leert in einem Zug sein Bier und steht auf. Er muss bei der nächsten Station raus. Menschen drücken sich aus der U-Bahn raus, neue kommen nach. Ich habe es fast geschafft und muss grinsen. Obwohl meine Hände zittern, weiß ich, dass es klappen wird. Ein Mann, groß und breit, Türke oder Araber, steht neben mir und bedeutet mir mit einem Kopfnicken, dass ich die Sporttasche zur Seite räumen soll, weil er sich neben mich setzen will, obwohl gegenüber noch Plätze frei sind. Wortlos nehme ich die Sporttasche auf den Schoß und halte sie fest. Auch gegen das Zittern. Ich sehe zu Boden, der Türke macht die Beine breit, weil er glaubt, seine Eier bräuchten so viel Platz. Das kriegen die irgendwie von ihren Eltern beigebracht, also nicht nur die Türken, aber die besonders. Männer müssen immer die Beine breit machen, wenn sie irgendwo sitzen. Das ärgert mich, aber wäre ich ein Mann, ich würde es genauso machen. Und ich mache es auch manchmal genauso. Nur fühlt es sich nie gut an. Nie so, wie ich glaube, dass die Männer sich dabei fühlen können. Ich wette, die merken davon gar nichts, die sind nämlich einfach da. Der Mann berührt mit seinem Knie meine Beine und ich schiebe sie zusammen. Ich drehe durch und halte ihm die Knarre an den Kopf. Are you talking to me? Are you talking to me? Boom!

Die Knarre für den Überfall war nicht echt gewesen. Nur Schreckschuss. Zuhause hatte ich vor dem Spiegel geübt. The Dark Knight, Heat, Dirty Harry, Dogday Afternoon und so weiter. Wenn du ruhig wirkst und kalt, haben die Leute am meisten Angst. Nicht mit der Pistole rumfuchteln, sondern sie mit geringem Abstand vor deinem Körper halten und direkt auf dein Gegenüber zielen. Der Verkäuferin, es war die gleiche, die mich einige Tage zuvor bedient hatte, als ich das Salatbesteck gekauft hatte, waren Tränen über das Gesicht gelaufen. Ihr roter Mund hatte gezittert. Wichtig war: kein Wort sagen. Was ich wollte, hatte ich in Druckbuchstaben auf einen Zettel geschrieben. Hätte sie meine Stimme gehört, hätte sie gewusst, dass ich kein Mann bin. *Alles Geld in die Tasche. Keine Polizei, sonst sind Sie tot.* Mit vorgehaltener Pistole war ich um den Kassentisch herum gelaufen, damit sie nicht irgendwelche Knöpfe drücken konnte, obwohl ich nicht glaubte, dass dieser Laden wirklich Alarmknöpfe hatte. Aber die Verkäuferin wäre sowieso nicht auf die Idee gekommen, weil sie schluchzte und kaum atmen konnte. Ich weiß nicht, aber oft machen mich schwache Menschen aggressiv, auch Mama. Wenn sie schwach ist, kann ich sie nicht leiden.

Ich hatte der Verkäuferin mit dem Pistolenlauf in die Seite gestoßen. Sie hatte gewimmert. Dann hat sie hastig das Geld in die Tasche gestopft, es ging schnell. Ich nahm ihr Smartphone, das neben ihr lag, schmiss es in die Sporttasche, zog den Reißverschluss zu und ging los. Insgesamt hatte es vielleicht dreieinhalb Minuten gedauert. Als ich außer Sichtweite war, zog ich mir die Sturmhaube vom Kopf. Ich ging über einen Spielplatz, der parallel zu der Straße verlief, und konnte so die Straße umgehen. Dann noch zwanzig Meter Straße, und ich war auf dem Hinterhof. Alles in allem fünf Minuten, höchstens.

Der Mann neben mir streift mit seinem Bein immer wieder mein Knie. Ich rutsche, so weit es geht, von ihm weg, aber sein Bein fällt wie eine offene Tür wieder gegen meins. Ich sehe zur Decke und spüre, dass er mich mustert. Ich schiebe das Kinn nach vorne und verschränke die Arme. Wenn die Cops mich kriegen, ich fände es sogar interessant. Neonlicht, ein Tisch, festgeschraubt, wahrscheinlich, Polizeikaffee. Was die wohl für Verhörtechniken haben, ob die einen anschreien und so? Mir egal, und die kriegen mich auch nicht. Travis wartet auf mich.

Er sitzt bestimmt zuhause an der Wohnungstür und jault. Das macht er immer, wenn ich weg bin. Ich kann ihn kaum alleine lassen deswegen, aber ich bin auch meistens zuhause, immer eigentlich. Vor zwei Wochen hatten sich seinetwegen die Nachbarn beschwert. So eine Familie war das, bei denen die Kinder, um die die sich eh viel zu viel kümmern, auch dauernd plärren. Aber Travis ist halt aus dem Tierheim, natürlich hat der einen Knall. Andere hätten ihn vielleicht hässlich gefunden, aber ich hatte sofort gewusst, dass ich ihn will, als ich ihn das erste Mal sah. Sein eines Ohr ist nämlich kaputt. Hat ihm wahrscheinlich ein anderer Hund abgebissen, und jetzt ist da nur noch ein Rest, sieht aus wie ein kleines Gebirge. Sein Fell ist rotbraun und kurz, wie bei einem Fuchs. Morgens, wenn wir aufwachen, ist das Bett voll mit Haaren. Dann springt er auf, rennt zu seinem Napf und wartet dort schwanzwedelnd auf mich. Die Sache mit Mamas Salatbesteck ist auch morgens passiert. Weil ich zu lange im Bett geblieben bin und ihn habe warten lassen. Meine Schuld. Manchmal kann ich nicht gut aufstehen. Nachdem ich das Salatbesteck für Mama gekauft hatte, hatte ich es auf den kleinen Tisch vor dem Fernseher gelegt. Weil ich mich gefreut hatte, dass ich so ein schönes Geschenk für sie gefunden hatte, von dem ich mir ganz sicher war, dass es ihr wirklich gefallen würde. Ich war im Zimmer herumgelaufen, hatte immer wieder mal einen Blick auf das Salatbesteck mit den goldenen Griffen geworfen und hatte grinsen müssen. Ab nächstem Semester gehe ich wieder zur Uni, Travis, hatte ich gesagt, einen Joint geraucht und war danach so entspannt wie lange nicht mehr gewesen. Und am nächsten Morgen, als ich zu spät aufgestanden war, um Travis zu füttern, waren von dem Salatbesteck nur noch Splitter übrig. Travis hatte es gefressen wie einen Knochen. Ich schrie ihn an, also, ich flippte schon ziemlich aus. Wie dämlich er sei und was ich jetzt machen sollte. Ich saß auf dem Bett, er kam zu mir gelaufen, aber ich stieß ihn weg. Ich versetzte ihm sogar einen Tritt. Dann drehte ich mir einen Joint, rauchte und starrte. Irgendwie blieb mein Blick bei den Resten des Salatbestecks hängen, und da fiel mir auf, wie spitz dieses Zeug war und dass Travis' Magen voll damit war. Mein Laptop lag neben dem Bett, und das Internet sagte, dass ich sofort zum Tierarzt musste. Aber dem schuldete ich noch 100 Euro, weil Travis vor ein paar Monaten eine schlimme Augenentzündung gehabt hatte. Ich heulte und zog mich an. Mama konnte ich nicht fragen, die hatte mir ja gerade 240 Euro gegeben. Aber der Tierarzt würde Travis doch wohl nicht verrecken lassen. Er musste ihm helfen, und ich würde versprechen, dass er das Geld bis zum Ende der Woche bekam, auch das Geld für die Augenentzündung. Ich heulte immer noch, und wir gingen los und in der U-Bahn streichelte ich Travis die ganze Zeit.

Ihm war dann echt der Magen ausgepumpt worden. 250 Euro. Alles war wieder gut mit ihm, aber ich brauchte dringend Geld. Der Tierarzt hatte gesagt, das war das letzte Mal, und wenn das Geld nicht bis dann und dann ... und so weiter. Mama hätte mir das Geld vielleicht sogar gegeben, denke ich jetzt, ich hätte nur sagen müssen, dass Magenauspumpen dreimal so viel kostet. Aber auf dem Rückweg vom Tierarzt, in der U-Bahn mit dem komplett erschöpften Travis neben mir, musste ich irgendwie an den Laden denken, in dem ich das Salatbesteck gekauft hatte. Es war gar kein Denken, es war mehr wie Träumen. Ich malte mir alles aus. Wie ich es anstellen würde, was ich dafür brauchte, wer hatte, was ich brauchte, wann der beste Zeitpunkt sein würde, ich guckte meine Filme, ich übte, erst mit einer Zahnpastatube, dann mit der Schreckschusspistole. Und als ich die hatte, konnte ich gar nicht mehr anders, ich musste und wollte aber auch.

Bei der nächsten Station muss ich raus. Ich drücke mich an dem Mann neben mir vorbei und versuche ihn nicht zu berühren, obwohl ich ihn gerne getreten hätte. Bis zu meiner Wohnung ist es nicht weit, zwanzig Meter, dann rechts und noch mal hundert Meter. Kurz überlege ich, ob ich eine Dose Ravioli für uns und Tabak holen soll, damit alles da ist, was wir brauchen. Aber dafür müsste ich an das Geld in der Sporttasche, und das ist keine gute Idee. Die Cops kriegen einen immer dann, wenn man sich zu sicher fühlt. Dann macht man Fehler.

Ich gehe. Auf dem Bürgersteig. Wie eine, die von Seilen gezogen wird und tut, was alle tun. Gezogen werden, treiben, kaufen. Der Mann vor dem türkischen Supermarkt fegt den Müll zusammen und lächelt mir zu. Es ist alles wie immer. Ich lächele. Der Haustürschlüssel in meiner Jackentasche klimpert leise, für meinen Kopf die gewohnte Begrüßung vor dem Nachhausekommen. So ist es immer. Ich gehe. Das Polizeiauto vor meinem Haus hat mit mir nichts zu tun. Ich bin da, denke ich, und dass das Leben, in dem ich lebe, keine Folgen kennt, nie gekannt hat.

Tanja Dückers

Selbstgestrickt

Mutter hat wieder Wollsachen zu Weihnachten geschenkt, selbstgestrickte, natürlich. Zu Umarmungen, Küssen, lässt sie sich selten hinreißen, nein, sie, die Tüchtige, hat eher Sinn fürs Praktische als fürs Liebevoll-Gemütliche, deswegen wird man von ihr warm eingepackt, um nicht zu sagen eingeschnürt. Ob man will oder nicht. Und die Geschenke müssen natürlich auch getragen werden. Darauf wird Wert gelegt, deswegen wird immer nachgefragt, denn sie sind ja »so schön warm«! Warme Wollsachen, in denen sich die Temperatur der unbändigen Zuneigung von Veras Mutter zu ihrer Jüngsten, dem schwarzen Schaf, nein, den Haaren derzeit nach zu urteilen: quietschgrünen Schäfchen der Familie, wiederfindet.

»Hättest du damit nicht bis nach Weihnachten warten können?«, hat Vater gemurrt, als Vera mit *dieser* Haarfarbe am 23. Dezember in der Tür stand. Kaum merklich seinen Kopf schüttelnd, hat er weiter seine Patiencen gelegt.

Nach den Weihnachtsferien ist Vera endlich wieder zuhause – in ihrem neuen Zuhause – in Berlin. Sie ist zum Studieren von der Schwäbischen Alb, fast vom anderen Ende der Republik, in die Großstadt gezogen, sehr zum Entsetzen ihrer Mutter. Ihr Vater hat nur noch abgewinkt, Vera, der Paradiesvogel in der Familie, der eben länger braucht, um zur »Räson zu kommen«, wie er sagte. Mutter wiederum setzt weniger auf Meckern als auf Liebe – ihre Form der umfassend versorgenden Liebe. Natürlich wog Vera drei Kilo mehr, als sie nach dem ersten Besuch zuhause wieder in Berlin auf die Waage im Badezimmer stieg. Einen Koffer voller warmer Sachen, vornehmlich in Flaschengrün und Mausgrau, darunter auch gestrickte Kissenbezüge, zwei hellgelbe große Nierenwärmer und hautfarbene Ohrenschützer hatte sie mitnehmen müssen. Einen Teil davon brachte Vera in eine Obdachlosenunterkunft. Zum Glück hat sie vier ältere Schwestern, die die Alb alle nicht verlassen haben und die (und deren Kinder) ständig Empfänger von gestrickten Geschenken wurden. Die Schwestern tragen auch keine quietschgrünen Haare, sondern aschblonde Pferdeschwänze. In Berlin hat jede zweite Sparkassenangestellte eine bunte Quaste auf dem Kopp, aber Veras Eltern tun noch so, als sei dies etwas, das sich mit einer seriösen Beschäftigung, gar einer wissenschaftlichen Ausbildung, nicht verträgt. In der Dorfkirche zuhause gibt es auch nur Pagenschnitte, Zöpfe oder adrette Kurzhaarfrisuren von stets gut aufgelegten, glaubensfesten Leistungsträgerinnen, die früher Veras Klassenkameradinnen gewesen sind. Berlin nennt Vera ihr »Zuhause«, das Dörfchen hoch oben auf der Alb ihr »Zuhause Zuhause«.

Die Wollmütze, flaschengrün, feinmaschig, äußerst warm, sitzt heute wieder einmal fest auf ihrem Kopf. Mutter hat die Tendenz, alles ein bisschen zu eng zu stricken, die Mütze fühlt sich an wie ein Helm. Vera will sich schnell noch eine Brezel kaufen (kaum ist sie weg aus Süddeutschland, kauft sie in Berlin ständig Brezeln), bevor sie in ihre WG zum wöchentlichen Plenum geht. Vorne am Leopoldplatz befindet sich ein kleiner Stand. Eine hagere Frau im langen schmuddeligen Kunstpelzmantel mit eingerissenen Seitentaschen reicht ihr schlecht gelaunt eine Brezel. Auf dem Kopf trägt sie ein schwarzes, schlabbriges Irgendwas, darunter hängen Strähnen von vor langer Zeit blondierten fettigen Haaren hervor. Die schlechten Zähne der Verkäuferin fallen Vera auch noch auf. Na, die hat sich wenigstens früher nicht anhören müssen: »Wenn du dir abends nicht die Zähne putzt, kommt der Teufel und zieht sie dir einzeln aus.« Oder doch, und deshalb ist sie abgehauen und verkauft jetzt Brezeln und Punsch am Leo.

Während sie so guckt, fällt Vera das Wechselgeld, ein Ein-Cent-Stück, aus der Hand und rollt in eine Pfütze. Vera bückt sich und fasst mit zwei Fingern in die mit Eisstückchen gespickte Pfütze. Die Wollmütze rutscht ihr dabei tief in die Stirn und verschluckt eine letzte, borstige quietschgrüne Strähne, die aus dem gestrickten Teil hervorlugt. Mit kalten, steifen Fingern fährt Vera unruhig in der Pfütze umher, das Cent-Stück entgleitet ihr immer wieder. Kleines Granulat, das unter knirschenden Schuhsohlen durch den Schneematsch getragen wird und sich in den Pfützen sammelt, schiebt sich schmerzhaft unter ihre Nägel. Veras lilametallischer Nagellack, der ihr so gut gefällt und den Mutter über Weihnachten so unpassend fand, zerkratzt und springt ab in vielen kleinen Schüppchen. Sie beugt sich jetzt noch tiefer, die dicke Wollmütze, flaschengrün, feinmaschig, die für immer den Geruch von Schweineschmalz aus der Wohnstube ihrer Eltern in sich aufgesogen hat, rutscht ihr weiter ins Gesicht, über ihre von Schneeflocken nassen Augenbrauen. Lange Wollfasern, stachelig wie Disteln, kratzen an ihren Wangen.

Vera beugt sich vor, sucht mit rudernden Armen in der Pfütze, schiebt das Ein-Cent-Stück ohne es fassen zu können über den knirschenden eisigen Pfützengrund. Der glänzende Cent, kupferrot wie der Abendhimmel, rutscht unter ein Blattgerippe. Schweiß sammelt sich unter Veras felsengrünem Wollpanzer und tropft über ihr Gesicht. Ihr Zeigefingernagel reißt ein, nachdem er in eine Spalte zwischen zwei Pflastersteinen geraten ist; sie fasst aus Versehen in einen alten Kaugummi, in aufgeweichte Zigarettenfilter. Auf einmal stapft eine dicke, große Frau, beladen mit drei H&M-Tüten und einem riesigen pinkfarbenen Karton, auf dem »I love Bad Taste –

Bad Taste loves me« steht, neben ihr durch die Pfütze. Eine Woge dreckigen Wassers platscht ihr ins Gesicht. Als Vera sich wieder aufrichtet, erscheint ihr alles, die Straße, die Menschen, die parkenden Autos leicht unwirklich, wie hinter Milchglas, und grau. Berlin ist nicht immer so verrücktschön, wie sie es sich vorgestellt hat, oft einfach etwas trist und verwaschen; ein unbarmherziges großstädtisches Meer. Nur dieser eine Cent ist plötzlich ein rundes Loch in eine andere Welt, ein Bullauge mitten in die kupferrote Abendsonne, die irgendwo hinter Veras wollflusenverhangenen Augen leuchtet.

Der eine Cent, ein Sonnenstrahl – der Gedanke, dass er eben noch mit vielen anderen stumpfen Münzen in der Kasse einer Straßenhändlerin lag, kommt Vera geradezu absurd vor –, leuchtet verheißungsvoll und unerbittlich. Ein Sonnenstrahl, ein Feuerabkömmling, der, vom Himmel gefallen, seinen Aggregatzustand verändert hat und bei der Berührung mit irdischem Boden zu der komprimierten Form einer Münze geschrumpft ist. Der, unweigerlich, bei der Berührung mit dem harten Pflaster zu einem festen, unzerstörbaren Gegenstand mutieren musste – zu diesem kupferroten Pfennigbullauge.

Wollflusen, fett, polypenhaft, drängen sich in ihre Augen. Vera rührt sich nicht, ihre steifen Arme stehen ein wenig ab wie bei einem Nussknacker. Sie verharrt: eine steinerne Figur, ein moosbewachsenes Denkmal im Park, dem Kinder eine alte Wollmütze übergestülpt haben, die ihnen ihre Mutter gestrickt hat und die sie loswerden wollten.

Diese dämliche Mütze, denkt Vera. Als sie auf dem Bahnsteig stand, hat Mutter ihr noch eine Plastiktasche mit Wintersachen in die Hand gedrückt, »bei euch in Berlin weht immer so ein kalter Ostwind«. Vera hat es nicht fertiggebracht, die selbstgestrickten Sachen ihrer Mutter beim Abschied abzulehnen oder die Tasche, wie sie es erst beabsichtigt hatte, einfach im Zug stehen zu lassen. Sie hätte später nur ein schlechtes Gewissen bekommen.

Als es dann bei ihrer Rückkehr nach Berlin plötzlich minus dreizehn Grad waren, hat Vera die Mütze doch ausgepackt.

Nun steht sie immer noch vor der Pfütze, atmet wieder den schweren Geruch von Schweineschmalz, von abgestandenem Bier, atmet den Geruch des seltsamen Fliesenputzmittels ein, das ihre Mutter einmal in der Woche, donnerstags früh um sieben, an den Küchen- und Badezimmerwänden verteilt. Sie atmet den Geruch von Würsten, sauren Gurken, eingelegten Perlzwiebeln und Bismarckhering, von getrocknetem Speck und altem Lederfett ein, den Geruch von dem Schuhbänkchen mit Vaters alten Stiefeln davor, in der Ecke hinter dem mit einer karierten Plastiktischdecke bezogenen Küchentisch, dort, wo Mutter immer strickt, wenn Vater und sie sich gestritten haben und er in der Wohnstube fernsieht. Sie atmet den Geruch von Erbrochenem ein, vom Erbrochenem ihres Vaters, das nach einem seiner samstäglichen Gelage in die Löcher gesickert ist, die Mutters Pumps mit den Pfennigabsätzen, die sie zu »besonderen Anlässen« trägt, in den brüchigen Linoleumboden gerissen haben, und das Mutters schnellen Wischbewegungen mit einem verfilzten Lappen, den sie nie auswechselt, stets entgangen ist.

Vera atmet den Geruch dieser engen, schmalen, olivgrün gekachelten Küche ein, deren fast bis zur Decke reichende Hängeschränke mit Holzmaserungsimitat beklebt sind. Tief atmet sie ein, die Mütze ist über ihre Nasenlöcher gerutscht. Wollflusen kleben an ihren Wangen wie fettleibige Insekten. Vor Veras verschwommenem Blick, kupferrot leuchtend, das Bullauge des Ein-Cent-Stücks, auf ferner See.

Die letzten Einkäufer flüchten in ihre Autos, werden von blauweiß leuchtenden U-Bahnhof-Eingängen verschluckt, hasten davon, als würde es um ihr Leben gehen, dabei haben sie vermutlich nur hässliche, unnütze Weihnachtsgeschenke umgetauscht. Auf dem großen Karstadt-Gebäude am Leopoldplatz steht ein riesiger leuchtender bauchiger Weihnachtsmann, der größte in ganz Berlin. Er guckt ein wenig grimmig, sieht aus wie der übliche Bewohner des Wedding mit seinem Schmerbauch. Sicher hat er zu Weihnachten jede Menge Bier gekippt. Auch er trägt eine Wollmütze, fällt Vera auf. Aber eine strahlend rote.

Lange mattgrüne Fäden, Fusseln, Flusen dringen in Veras Nasenlöcher, erobern ihre Oberlippe, benetzen ihre Zunge. Vera versucht zuerst, sie aus dem Mund zu ziehen, aber es scheinen immer mehr zu werden. Dann bleibt sie einfach regungslos stehen und lässt es geschehen – leicht nach vorne gebeugt, erstarrt wie ein vom Vesuvausbruch überraschter Bewohner Pompejis, die rotgefrorenen (hätte sie doch auch mal Mamas Handschuhe angezogen!), steifen Finger in alle Richtungen von sich gespreizt. Sie hält mit jeder Nervenfaser inne. Plötzlich scheinen ihr die letzten drei Monate in Berlin, die Frauen-WG, ihre zarte Freundin mit den langen, fast weißblonden Locken, die aus Polen stammt, die Theatergruppe, der Trödelmarktstand, der Selbstverteidigungskurs, die Uni, ihr Versuch, hier Fuß zu fassen, sehr fern und albern, eine unbedeutende Episode, nichts gegen die Macht des Geruchs von Schweineschmalz in der guten Stube und von Moder im Keller. Hunderte kleiner, übelriechender Fasern tasten sich an ihre bläulichen Lippen heran wie schmarotzende Pflanzen, stülpen sich über sie, und die hereinbrechende Nacht wirft einen schweren, dunklen, engmaschigen Hausmantel über ihr Gesicht.

Vera merkt, dass sie keine Luft mehr bekommt. Ihr wird

schwindelig, die Mütze rutscht ihr übers Kinn, scheint sich um ihren Hals zu schlingen. Vor Veras Augen das Dickicht. Blickdicht. Zungenbrecher. Die Flaschen im Keller, Vaters viele flaschengrüne Flaschen. Und da unten, neben den Flaschen, da stehen Mutters riesige Körbe. Körbe voller Wolle, voller Liebe, in Farben, die Mutter immer bestimmte. Farben, die sie selber trug. Dicke große Wollknäuel, kompakt wie gutartige Karzinome – raumgreifende Liebe! Wolle für Hunderte von warmen, nein, heißen Mützen, Schals, Handschuhen, Socken, Nierenwärmern, Ohrschützern und anderen flauschigen Folterinstrumenten für kommende Generationen. Sie hofft ja noch auf Enkel, hat Mutter auch Vera immer mitgeteilt, obwohl sich alle ihre vier älteren Schwestern schon hübsch vermehrt haben.

Bevor sie bewusstlos wird, schaut sie noch einmal hoch. Der dicke, über ihr schwebende Berliner Weihnachtsmann sieht sie verächtlich an. Du bist doch nichts für diese Stadt, du Schwächling, scheint sein Blick zu sagen.

Die Heilige Familie

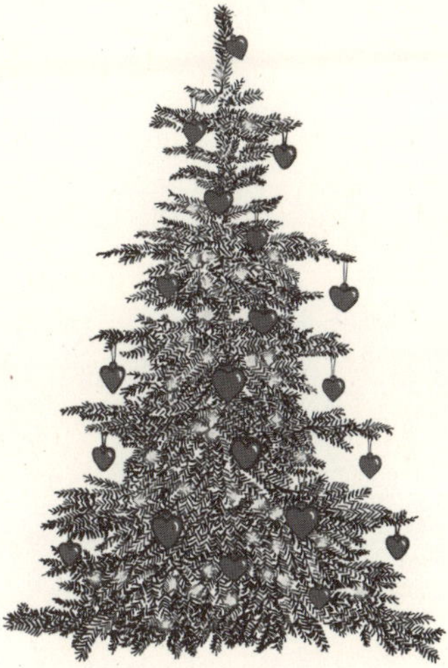

Stefan Moster

Auf einfache Art

1

Weißt du, damals begehrten die Menschen in der Levante nicht gegen Geheiße von oben auf, sondern gehorchten, denn ihre Proteste wären entweder ungehört verhallt oder im schlimmsten Falle bestraft worden. Wenn es hieß, ihr müsst dann und dann dort und dort sein, dann gingen sie eben dorthin, auch wenn sie Besseres zu tun hatten, auch wenn körperliche Beeinträchtigungen oder mangelnde Mittel die Reise erschwerten, auch wenn sie nicht wussten, was auf sie zukommen würde.

Diese Menschen wussten ohnehin in vielen Momenten des Lebens nicht, was sie erwartete. Ungewissheit umgab sie, und sie orientierten sich an wenigen deutlichen Zeichen, so wie in klaren Nächten am Sternenhimmel, der sich über ihnen wölbte. Sie richteten sich nach den Leitsternen Sirius und Canopus, den beiden hellsten, und an anderen, weniger hellen, die markante Konstellationen bildeten, ohne die unzähligen Lichtpunkte dazwischen mit Namen zu kennen.

Es war üblich, nicht viel zu wissen, wenn man kein Weiser aus dem Morgenland war. Darum bauten sie auf das Vertrauen, das sie von klein auf zu pflegen lernten, weil es das einzige Mittel gegen die Angst war, die im Schatten der Ungewissheit so leicht entsteht.

Stell dir eine junge Frau vor, die von ihrem Verlobten in dessen Haus geholt wird! In dem Moment, in dem der Mann ihr Zimmer betritt, kann sie nicht von einer Liebe erfüllt sein, die auf Erfahrung beruht. Ihre Liebe ist nicht vorhanden und für ihn bereit, wenn er sie holt, denn sie kennt ihn, den sie lieben soll, ja kaum. Sie weiß nicht, was sich in ihr regen wird, wenn der Abstand der Schicklichkeit fällt, sodass sie einander atmen hören und sich die Luft um sie herum auflädt, weil sie wissen, dass jedes einfache Ausstrecken des Arms zur Berührung führt.

Dieser jungen Frau, die, das darfst du nicht vergessen, vielleicht erst vierzehn oder fünfzehn Jahre alt ist, bleibt nichts anderes übrig, als darauf zu vertrauen, dass es ihr gelingen wird, ihn zu lieben, diesen Mann, den sie nur vom Sehen kennt, aber noch nicht anzuschauen weiß.

Diejenige, von der ich dir erzählen will, folgte dem Zimmermann, mit dem sie verlobt war, gar mit besonderer Scham, denn sie trug ein Geheimnis in sich, das so groß war, dass es nicht in Worte passte. Nachdem er die selbst gefertigte Tür seines Hauses geschlossen hatte und Dämmerlicht sie umfing, trat er auf die Verlobte zu, wie es sein Recht war, doch als er jetzt so vor ihr stand, verließ ihn der Mut, weil ihm das nötige Wissen fehlte. Von nun an halfen ihm keine von Generation zu Generation überlieferten Handlungsanweisungen weiter, wie es beim Erlernen seines Berufs der Fall gewesen war. Er war auf sich allein gestellt, musste sich auf seinen Blick verlassen und auf sein Gespür.

Also sah er die Frau aufmerksam an, erkannte ihre Ängstlichkeit und verzichtete darauf, sie zu berühren, damit sie nicht für immer erstarrte. Sie wiederum sah, dass er sie erkannte und schonen wollte und sank ihm gerade darum in die Arme.

Sie brachte es nicht über sich, ihm zu verraten, was sie zu tragen hatte und was sie so sehr verwirrte, dass ihr die eigenen Bewegungen mitunter fremd erschienen und ihr auf den alltäglichen Gängen der Boden unter den Füßen unvertraut vorkommen konnte, doch es gelang ihr, ihm deutlich zu machen, dass etwas, über das sie nicht reden konnte, sie von innen her lenkte, und er – er war deswegen nicht gekränkt. Stattdessen fing er nun an, sie auf einfache Art zu lieben, ohne Forderungen an sie zu richten. Er konnte nicht anders, denn in dem Augenblick, in dem sie sich in seine Arme fallen ließ, wurde er wertvoll. Mit dieser Geste hatte sie ihn dazu auserkoren, ihr beizustehen, und dieses Vertrauen verlieh ihm Bedeutung. Von nun an wusste er, dass es ohne ihn nicht ging.

Auf einfache Art lieben, das hieß vor allem, die Hände für sie einzusetzen. Zu tun, was zu tun war, und es für sie zu tun. Alle Arbeiten so gut wie möglich auszuführen und sich dafür gerecht bezahlen zu lassen, damit Geld ins Haus kam. Und es hieß, im Haus ein paar Handgriffe mehr zu machen, als es vom Mann traditionell verlangt wurde.

Dann, Monate später, als das Geheimnis, das die Frau in sich trug, längst für jeden sichtbar war und die einfache Liebe des Mannes vor allem darin bestand, trotzdem an ihrer Seite zu bleiben, traf das Geheiß ein, aufzubrechen, um sich in die Steuerliste eintragen zu lassen. Als hätte ein Zimmermann viel zum Etat des Kaiserreichs beizutragen.

Ausgerechnet jetzt. Am liebsten hätte er seine Frau gar nicht mehr aus dem Haus gelassen, so besorgt war er um sie. Sie musste heimlich zum Brunnen gehen, da er fand, sie sollte in ihrem Zustand den Wasserkrug nicht mehr tragen. Sie lächelte, wenn er das zu ihr sagte, denn sie wollte ihm seine Sorge nicht streitig machen, sie freute sich sogar darüber, aber die Bewegung tat ihr gut, weshalb sie ihn ohne schlechtes Gewissen in dem Glauben ließ, die Nachbarsfrauen trügen das Wasser für sie.

Ausgerechnet jetzt also sollte er mit ihr die Stadt seiner

Geburt aufsuchen. Nur um seinen Namen von einem Schreiber in eine Liste eintragen zu lassen, würde er mit seiner hochschwangeren Frau mehrere Tage auf einer Straße gehen müssen, die abwechselnd durch fruchtbare Ebenen und über steiniges Gelände nach Süden verlief. Zwar mussten sie zu dieser Jahreszeit die Hitze der Mittagssonne nicht fürchten, doch beschwerlich war der Weg allemal, schon wegen der Länge. Und in den Nächten wurde es kalt. Wegen des kaiserlichen Dekrets würden viele Menschen unterwegs sein, sodass man sich nicht darauf verlassen konnte, für die Nacht ein festes Dach über dem Kopf zu finden.

Um sie nicht zu beunruhigen, sagte er seiner Verlobten nichts von seiner Befürchtung, sondern schnallte dem Esel lediglich zwei zusätzliche Decken auf, bevor er ihn an die Stelle führte, wo die Frau aufsteigen sollte. Zu diesem Zweck hatte er eine kleine Treppe gezimmert, und die Frau musste in den Hof der Werkstatt kommen, weil er sich genierte, seinen hölzernen Liebesbeweis aller Welt auf der Straße zu präsentieren.

Um ein Haar hätte er »Königin« gesagt, so vornehm sah sie aus, als sie betont aufrecht die Stufen betrat, dann sah er, dass er mit dem Bau des Gestells keineswegs übertrieben hatte, denn wie hätte sie sonst auf den Rücken des Tiers gelangen sollen. Es wirkte ganz selbstverständlich, als sie sich von der obersten Stufe aus einfach niederließ. Der Esel hielt mit nach hinten gedrehten Ohren still und schien den Atem anzuhalten, bis die Reiterin saß, beide Beine auf einer Seite.

Sie hatte lange nicht mehr auf einem Reittier gesessen, ihr war etwas bange, ob sie die Balance würde halten können. Er sah es ihr an, gab ihr jedoch keine Anweisungen, sondern atmete nur demonstrativ fest und ruhig ein und aus, um ihr ein Beispiel zu geben. Sie machte es nach und merkte sogleich, dass sie bereits sicherer saß.

Während er mit den letzten Verrichtungen beschäftigt war, konnte sie ihn betrachten, mit den Augen seinen Bewegungen folgen. Nachdem sie sich auf den Weg gemacht hatten, fand sie noch mehr Zeit und Gelegenheit dafür, denn er ging vor ihr her und führte das Tier.

Sie würden mehrere Tage brauchen, um ihr Ziel zu erreichen, so lange würde sie seinen Rücken sehen, seine Gestalt. Die schwarzen Haare. Den Nacken. Die Schultern des Handwerkers. Die Schulterblätter. Die Hand mit dem Eselsstrick. Die Hand mit dem Stock. Seinen Gang.

Sie sah einen Mann ohne Eile, den Blick nach vorn gerichtet, einen Mann, der sie führte. Einen Mann, der es vermied, sich unablässig nach ihr umzudrehen, es sich aber doch nicht verkneifen konnte, hin und wieder über die Schulter zu sehen, um sich zu vergewissern, dass sie noch bequem und sicher saß.

Nach einiger Zeit, als sie bereits die große Ebene erreicht hatten und der Esel von selbst im gleichmäßigen Schritt blieb, legte er dem Tier den Strick lose um den Hals und ließ sich einige Schritte zurückfallen, sodass er neben der Reiterin herging.

Sie legte ihm leicht die Hand auf die Schulter.

Der dunkle Boden der Ebene atmete Feuchtigkeit aus. Die Frau ließ die Hand auf der Schulter des Mannes liegen, ganz leicht, ohne Druck, sodass der Takt seiner Schritte über die Hand und den Arm in ihren Körper geleitet wurde.

Dann begann sie zu sprechen, ganz leise, als dürfte man von Engeln nur flüstern.

In der ersten Nacht gelang es ihnen, eine Unterkunft zu finden. Am nächsten Morgen stand sie mit ihrem dicken Bauch vor dem Esel und sah den Mann ratlos an.

Er ging in die Knie, umfasste ihre Oberschenkel, richtete

sich auf und hob sie mit dieser Bewegung auf den Rücken des Reittiers. Seine rechte Schläfe berührte ihre Brust, das Kinn die Wölbung ihres Bauchs.

Warum war es ihr so leichtgefallen, diese Berührung entgegenzunehmen, fragte sie sich, als sie der Eselsschritt bereits wieder wiegte. Es musste damit zu tun haben, dass die Berührung einer Notwendigkeit entsprang. Was sein musste, durfte auch sein. Über das Notwendige konnte Nähe ohne Scham entstehen. Das Notwendige schuf Platz für das, was man in den Geschichten Liebe nannte.

Im Bergland wurden die Schritte des Esels unregelmäßiger, das Schaukeln nahm zu, es fiel ihr schwer, sicher zu sitzen, außerdem spürte sie, wie sich in ihrem Leib etwas tat, der Druck von innen nahm zu, wurde drängender, mit beiden Händen hielt sie sich an der Mähne des Reittiers fest und mit dem Blick an dem Rücken des Zimmermanns.

Auf hellem Gestein ging es hinauf, vorbei an Olivenbäumen und durch Macchia, zwischen deren Gesträuch markante Bäume aufragten. Einmal machte der Zimmermann an einer Terpentin-Pistazie Halt, um sie sich genauer zu besehen. Mit der Hand fuhr er über den Stamm, und als die Frau dies sah, durchlief sie ein Schauer, dessen Ursprung sie ahnte.

Mit Notwendigkeit hatte es nichts zu tun. Eher mit ihrem Gegenteil. Der Zimmermann wählte kein Rohmaterial für seine Werkstatt aus, sondern nahm aus anderen Gründen Kontakt mit dem Baum auf: weil er seine Schönheit berühren wollte. Einfach so.

Als er sie an diesem Abend vom Esel hob und auf festen Boden stellte, ließ sie ihn nicht gleich los, sondern berührte mit den flachen Händen all das, woran sie sich den Tag über festgehalten hatte, Schultern, Schulterblätter, Rücken, Arme, und zum Schluss, bevor sie losließ, die Hände.

Die letzte Etappe führte sie durch die große Stadt. Noch nie hatte sie so viele Menschen gesehen, noch nie so viel Eile, die ansteckend zu sein schien, denn auch der Mann beschleunigte nun seinen Schritt, zog den Esel mehr, als dass er ihn führte, wohl weil er möglichst schnell aus dem Menschengewimmel hinauskommen wollte, um wieder mit seiner Frau allein zu sein. Auf ihren Vorschlag, Rast zu machen und einem der Straßenhändler etwas zum Essen abzukaufen, reagierte er nicht einmal, dabei musste er, der seit Stunden zu Fuß gegangen war, hungrig sein.

Die Lieferanten der Bäcker trugen lange, breite Bretter über den Köpfen, von den Ausmaßen einer Türe fast, darauf lagen dicht an dicht Brote und Sesamringe, und als eine solche Tafel in Augenhöhe an ihr vorbeigetragen wurde, streckte die Frau unwillkürlich die Hand aus, griff nach einem Brot und schob es sich unters Gewand.

Außerhalb der großen Stadt, auf dem letzten Wegabschnitt zu der kleinen Stadt, in der ihr Verlobter zur Welt gekommen war, zog die Frau das Brot hervor und reichte es ihm, der nun wieder neben ihr herging. Er sah sie überrascht an, dann ernst, dann tadelnd, dann senkte er den Blick, um sein Lächeln zu verbergen, aber das leichte Kopfschütteln verriet ihn.

Sie forderte ihn auf, zu essen.

Er wollte teilen.

Sie lehnte ab.

Du wirst bald alle deine Kräfte brauchen, sagte sie und legte beredt eine Hand auf ihren Bauch.

Dann sahen sie schweigend dem Sonnenuntergang entgegen, bevor sie sich in die Geburtsstadt aufmachten, um eine Herberge zu suchen.

2

»Warum bist du so still?«

»Du hast so feierlich erzählt.«

»Feierlich?«

»Ja, ganz ungewohnt. So sprichst du sonst nie.«

»Das muss mit der Geschichte zu tun haben. Es ist ganz von selbst so aus mir herausgekommen.«

»Mm.«

»Jetzt bist du wieder still. Hallo?«

»Mm?«

»Was ist los mit dir? Schau mich mal an! Bist du …? Du siehst aus, als wärst du eifersüchtig! Bist du eifersüchtig?«

»Quatsch!«

»Doch! Du bist eifersüchtig. Wegen der Geschichte? Das ist jetzt aber nicht dein Ernst.«

»Über uns sprichst du nie so feierlich.«

»Von uns muss ich auch nichts erzählen. Unsere Geschichte erzählt sich selbst, und wir sind ihre Helden. Das finde ich, ehrlich gesagt, feierlich genug.«

»Würdest du mir auch so eine Treppe bauen, damit ich hochschwanger auf den Esel steigen kann?«

»Würdest du dich darüber freuen, wenn ich es täte?«

»Wenn ich schwanger wäre, ja.«

»Würdest du schwanger werden wollen? – Hallo! Jetzt schweigst du schon wieder.«

»Dann müsste ich ja mit dem Rauchen aufhören. Gib mir mal den Aschenbecher.«

»Der ist ganz schön schwer. Und kalt.«

»Sei nicht so empfindlich. Deine starke Männerbrust wird ihn schon tragen können. Und die heiße Asche wird ihn gleich wärmen.«

»Aber pass auf, dass du mir nicht die männlichen Härchen versengst.«

»Und du pass auf, dass du stillhältst, solange ich rauche. Warte, ich zünde noch eine Kerze an.«

»Findest du, wir hätten einen Baum kaufen sollen?«

»Wir haben doch gar keinen Schmuck.«

»Würde sich vielleicht ganz gut machen, so eine Tanne ohne Schmuck. Nur das dunkle, duftende Grün in der Ecke. Was meinst du – wann schaffen sich die Leute normalerweise ihren Christbaumschmuck an? Wenn sie verheiratet sind?«

»Keine Ahnung. Irgendwie ist Christbaumschmuck immer schon da. Ich kann mich jedenfalls nicht erinnern, dass meine Eltern mal welchen gekauft hätten.«

»Ich mich auch nicht. Vielleicht kauft man ihn, wenn das erste Kind unterwegs ist.«

»Oder wenn man heiratet. Oder zusammenzieht.«

»Wir sind zusammengezogen.«

»Ehrlich gesagt, habe ich bis jetzt nicht den dringenden Wunsch gespürt, Christbaumschmuck zu kaufen.«

»Vielleicht sollten wir es nächste Woche tun.«

»Nach Weihnachten?«

»Dann sind Kugeln und Lametta vermutlich im Sonderangebot.«

»Das ist nun wirklich nicht feierlich. Außerdem mag ich kein Lametta.«

»Ich schlage vor, wir bleiben beim ungeschmückten Baum. Eine duftende Tanne ist Schmuck genug.«

»Wieso eigentlich Tanne? Sind das nicht Fichten?«

»Keine Ahnung. Meinetwegen kann es auch eine Fichte sein, Hauptsache grün.«

»Und warum sagst du, wir bleiben dabei? Wir haben doch gar keine.«

»Was bist du auf einmal so spitzfindig? Pass auf, die Asche!«

»Wie sieht eigentlich eine Terpentin-Pistazie aus? Hast du die erfunden?«

»Nee, die gibt's wirklich. Hab ich mal in einem Bericht übers Westjordanland gelesen. Sehen schön aus. So wie man sich einen Musterbaum in mediterraner Landschaft vorstellt.«

»Hm.«

»Schweigst du jetzt wieder? Was denkst du?«

»Würdest du mich nehmen, wenn ich von einem anderen schwanger wäre? – Achtung, der Aschenbecher! Bleib liegen!«

»Drück die Zigarette aus!«

»Aber ...«

»Nun mach schon. Auf so eine Frage kann man nicht im Liegen antworten. Danke. Und jetzt schau mir in die Augen.«

»Kleines.«

»Im Ernst. Was soll die Frage?«

»Ich meine, wäre es nicht der größte Liebesbeweis, wenn man eine Frau zu sich nimmt, von der man weiß, dass sie das Kind von einem anderen erwartet?«

»O Gott, was habe ich nur getan! Warum musste ich diese Geschichte erzählen?«

»Nun sag schon!«

»Pass auf. Ich habe dir die Geschichte erzählt, weil du mich gefragt hast, ob die beiden sich wohl geliebt haben. Und während des Erzählens konnte ich mir plötzlich vorstellen, wie das damals war. Bis dahin hatte ich mir darüber keine Gedanken gemacht, weil ich mit so einer Frage noch nie konfrontiert worden war ...«

»Haben dich deine früheren Freundinnen an Weihnachten nicht gefragt, ob ...?«

»Du bist echt eifersüchtig! Das darf nicht wahr sein! Was ist los mit dir? Erinnere dich doch mal an das, was ich dir vor einer halben Stunde ins Ohr geflüstert habe. Falls du es vor lauter Stöhnen überhaupt gehört hast.«

»Kurz vorm Orgasmus sagt man allerhand.«

»Ich glaube, ich steh jetzt mal auf.«

»Nein, bitte nicht. Entschuldige. Das war blöd.«

»Stimmt.«

»Ich ...«

»Ja?«

»Ich ... also, ich meine, als du das erzählst hast ... das mit dem Vertrauen ... und wie die Frau dem Mann ... wie hast du gesagt ... Wert verlieh, als sie sich in seine Arme fallen ließ ... oder ›sinken‹ hast du, glaube ich, gesagt ... da ...«

»Ja?«

»Da wurde ich auf einmal ganz ... handlos.«

»Handlos?«

»Als hätte ich nichts zu geben.«

»Und was ist das hier? Und das?«

»Abblätternder Nagellack und gelbe Flecken vom Nikotin.«

»Genau. Und jetzt hör mir zu. Komm näher. Ich flüstere es dir ins Ohr.«

Katja Petrowskaja

Väterchen Frost

In der sowjetischen Zeit haben wir Weihnachten am 31. Dezember gefeiert. Mit Tannenbaum, Familie und Geschenken. Und auch Silvester haben wir am 31. Dezember gefeiert. Mit Freunden, Wunderkerzen, Sekt und »Salat Olivier«, den manche Kinder »Salat I love you« nannten. Überhaupt alles haben wir an diesem Tag gefeiert, was es zu feiern gab, astronomisch, romantisch, infantil, auch »die Magie des Anfangs« und die »Ironie des Schicksals«, wie ein Silvester-Kultfilm hieß. Dieses von der Sowjetmacht konstruierte Fest bestand aus heidnischen, christlichen und kommunistischen Elementen. In ihm mischten sich Utopien und Träume zu einem privaten Wunderfest, das zugleich aber auch öffentlich im ganzen Lande gefeiert wurde – eine geniale Erfindung, die die sowjetische Gesellschaft besser zusammenhielt als der Weltkriegsmythos und die vielen aufgezwungenen ideologischen Formeln.

Ich gehörte zu jenen, die im Winter geboren worden sind und ihre ersten Schritte in Richtung des mit Kugeln, Feuervögeln und Lametta geschmückten glitzernden Tannenbaums machten. Unter seinen Zweigen standen keine Krippenfiguren, sondern Väterchen Frost und seine Enkelin »Snegurotschka«, die aus den russischen Wintermythen stammt und in der Literatur besungen wurde. Aus dem Wunder von Christi Geburt wurde für uns eine glückliche sowjetische Kindheit gebastelt, als wären wir alle weltliche Christkinder, geboren unter dem Roten Stern in der Krippe des Sozialismus.

In meiner Kindheit konnte man Tannenbäume ab Mitte Dezember kaufen. Man stellte sie am Ende des Monats auf, und ließ sie mindestens bis zum Ende der Schulferien am 11. Januar (in der ganzen Sowjetunion einheitlich) stehen. Daher feierten manche, halb im Geheimen, auch das westliche Weihnachten am 24. Dezember und das orthodoxe Weihnachten am 7. Januar. Ich kannte nur zwei Familien, die das taten. Neujahr feierten hingegen alle. Und am 13. Januar kam noch das »Alte Neujahr« hinzu, ein Tribut an den altrussischen Kalender. In der Perestroika-Zeit wurde das religiöse russische Weihnachten offiziell erlaubt. Und schon 1990 kaufte ich eine Postkarte: Tannenbaumäste, Kugeln und Kerzen, ein gewöhnliches Bild, aber statt »Frohes Neues Jahr!« stand dort »Frohe Weihnachten« – und auf der Rückseite stand ganz klein »Auflage: 5 Millionen« …

Für die russische Feste-Willkür gibt es mehrere Gründe. Es war Peter der Große, der Russland erst im Jahre 1700 – nach der Erschaffung der Welt laut damals in Russland noch gebräuchlichem byzantinischen Kalender – per Ukas an den julianischen Kalender anschloss und den Jahresanfang vom 1. September auf den 1. Januar verlegte.

Weihnachten eroberte Russland im 19. Jahrhundert dank der deutschen Prinzessinnen und der Entstehung der dritten Klasse. Niemand aber hat so viel für die Etablierung des Weihnachtsfestes in der weltlichen Massenkultur getan wie das deutsch-russische Paar E. T. A. Hoffmann und Peter Tschaikowski mit ihrem »Nussknacker«. Erst 1918 ersetzten die Bolschewiken den julianischen Kalender durch den gregorianischen und holten Russlands 13-tägige Verspätung auf. Die russisch-orthodoxe Kirche hielt jedoch an der julianischen Zählung fest, wodurch uns so viele Varianten des Feierns geblieben sind.

Nach der Oktober-Revolution wurde Weihnachten zum Fest der Popen und Kapitalisten erklärt und sollte komplett verboten werden, wie auch die Märchen, die aus der Sicht der frühen sowjetischen Pädagogik als schädlich galten, da man noch hoffte, dass der Kommunismus die reale Märchenwelt bringt. Der Weihnachtstag wurde zum Arbeitstag gemacht, und man überlegte sogar, die Geburt Christi durch die Geburt der Revolution zu ersetzen und den Jahresbeginn auf den Tag der Oktoberrevolution vorzuziehen. Eine ganze Generation von Kindern hat keine Tannenbaum-Feste erlebt, bis plötzlich 1935, kurz vor Neujahr, der Partei-Funktionär Pawel Postyschew in einem von Stalin gesegneten Artikel in der »Prawda« die feierfeindliche Bürokratie kritisierte und das ganze Land dazu aufrief, Neujahr mit einem Tannenbaum zu feiern.

So wurde das Weihnachtswunder adoptiert, auf den Jahresbeginn verlegt und von religiösem Inhalt und ethnischen Konnotationen befreit. Das Kind stand im Zentrum, das Kind im Allgemeinen, das sowjetische Kind, ganz gleich aus welcher Ethnie oder Religion. Alle trafen sich am Tannenbaum. Nach den Jahren der Industrialisierung und Kollektivierung, nach der Sprengung Tausender Kirchen, der Verhaftung zahlreicher Priester, als die Religion beinahe besiegt zu sein schien, war es nötig geworden, die Familie und den Alltag zu feiern. Den Bethlehem-Stern hatte man durch den Roten ersetzt, der Tannenbaum sah wie einer der Kreml-Türme aus, so dass damals einige Kinder – wie auch mein Vater – dachten, dass der Tannenbaum für den Spasskaja-Turm des Kremls Modell gestanden habe, den Kreml-Turm mit der großen Uhr, die die sowjetische Zeit schlug. Ein Jahr später sollte Stalin sagen: »Das Leben ist besser geworden, das Leben ist fröhlicher geworden«. War es ein Zufall, dass die heidnische Snegurotschka die Hand des halbchristlichen Väterchen Frost zum ersten Mal im Jahr des großen stalinistischen Terrors fand? In meiner Kindheit wussten wir dies alles nicht. Wir waren schon als Wunderkinder in die glückliche sowjetische Kindheit hineingeboren worden, die viele von uns dem angemessen genossen.

An meinen Tannenbäumen prangten ideologiefreie Eiszapfen-Kronen, ich bekam kostenlose Einladungen zu großen Kinderfesten, dort wurden jedes Jahr kleine Papiertaschen voll mit Pralinen an alle Kinder verschenkt und meine Eltern bestellten manchmal ein Väterchen Frost zu uns nach Hause. In der Nacht zum 1. Januar gab es im Fernsehen sogar Musik aus dem Ausland. Und morgens lagen – oh Wunder – unter dem Baum Geschenke.

Ich hatte ein persönliches Väterchen Frost: Er hieß Jura Semjonow, tauchte plötzlich in unserem Haus auf und lebte ein paar Jahre bei uns. Jura blieb immer zu Hause, immer im Trainingsanzug. Wie viele Jahre er bei uns gewohnt hat, weiß ich genauso wenig, wie wo er gearbeitet hat und ob er überhaupt gearbeitet hat. Ihn umgab etwas Rätselhaftes. Später erzählten mir meine Eltern, er sei Elektroschlosser gewesen. Er war der einzige Arbeiter, den ich damals aus der Nähe kannte, er stammte aus Weißrussland und hatte begonnen, wegen seiner Arbeit zu erblinden. Jemand von unseren Freunden hat ihn zu uns gebracht, vielleicht weil wir die Einzigen waren, die eine Vier-Zimmer-Wohnung hatten.

Zu Silvester bekam ich Postkarten vom Mars. Ich war zehn Jahre alt. Der Mars schien nicht so weit zu sein, denn H.G. Wells' Science-Fiction war erlaubt, und sein »Krieg der Welten« über den Angriff der Marsianer auf das Vereinigte Königreich war für uns Pflichtlektüre. Wir waren durch unsere Märchen vereinigt, die nun erlaubt waren, und wir lebten hauptsächlich in diesen Märchen und nicht in der vorhandenen Realität. In einem populären Lied hieß es, dass Kosmonauten und Träumer voraussagten, bald würden Apfelbäume auf dem Mars blühen. Der Mars war sehr nah, der Mars war unser, unser im Himmel. Und so klingelte es einmal am 31., ich öffnete die Tür: Vor mir stand ein Marsianer. Meine Mutter sagte erstaunt: »Herr Kosmonaut«, mein Vater lobte die neue Gestalt von Väterchen Frost. Der Marsianer salutierte, marschierte in seinem Taucheranzug, sagte etwas Unverständliches, oder ich verstand es nicht, weil ich so aufgeregt war, dass ich mich nur an mein eigenes Herzklopfen erinnern kann: Das Väterchen Frost vom Mars schenkte mir ein Plüsch-Häschen, und wenn Sie das gesehen hätten, hätten auch Sie, so wie ich damals, an die überirdische Natur des Väterchen Frost geglaubt, denn solche Häschen gab es in unseren vom Defizit gesegneten Geschäften nicht, so eins konnte nur aus dem Weltall, vom Mars kommen, wo vermutlich auch manche Väterchen Frost wohnten. Vielleicht habe ich dies nur »halb geglaubt«, aber die Möglichkeit dieses Glaubens war das beste Geschenk. Als Stunden später der verschlafene Jura aus seinem Zimmer kam und ich fast verstand, warum er weg war, sagte ich: Du hast einen Marsianer verpasst. Er lächelte, und ich habe ihm das Häschen gezeigt.

Ich weiß nicht mehr, was genau in den Briefen vom Mars stand, die ich dann noch ein paar Winter lang bekam, ich schrieb Antworten an »Mars. Väterchen Frost« und warf sie in den Postkasten. Waren mein Vater und Jura in einem Komplott mit den Postboten unserer Drei-Millionen-Stadt Kiew? Oder nur unseres Postbezirks mit seinen einhunderttausend Einwohnern? Mein Vater weiß heute nicht mehr, wer auf die Idee kam – er oder Jura –, mir solche Briefe zu schreiben, und warum es ihnen so wichtig war, dass ich daran glaubte. Jura verschwand aus unserem Leben genauso abrupt, wie er gekommen war. Für viele Jahre.

Der nächste Brief von Väterchen Frost kam aus Blagowestschensk, viele Jahre später, ich war schon fast mit der Schule fertig. Auf dem Umschlag stand sein Name, die Nummer irgendeiner Anstalt und der Name dieser im russischen Fernen

Osten liegenden Stadt, deren Name buchstäblich als »Frohe Botschaft« zu übersetzen ist. Der Umschlag enthielt aber keine: Juras zitternde Handschrift zeugte davon, dass etwas schiefgegangen war in seinem Leben. Er konnte kaum schreiben, aber er schrieb regelmäßig. Er gratulierte mir zum Geburtstag, zum Frauentag am 8. März und ja, zum Neujahrstag. Ich antwortete selten und nur aus Mitleid und Pflichtgefühl und später dann gar nicht mehr, denn die Briefe waren inhaltslos und von einem kranken Menschen und ich war jung.

Irgendwann erfuhr ich, dass Jura ein Schwerverbrechen verübt hatte. Begeistert von der Baikal-Amur-Magistrale hatte er sich als Freiwilliger für diesen berühmten Eisenbahnbau der Komsomolzen gemeldet – oder war dieser Bau schon fertig und es wurden kleine Städte aufgebaut? Bald litt er unter den sklavenartigen Bedingungen und der Willkür der Obrigkeit. Er hatte einen impulsiven Gerechtigkeitsreflex. Jura zerbrach an seinem Traum. In einer Auseinandersetzung hatte er – Details habe ich niemals erfahren – einen Menschen getötet, einen von seinen Peinigern, wurde als geistig verwirrt eingestuft und kam in eine der schlimmsten psychiatrischen Anstalten, wo er mit Insulin ruhiggestellt werden sollte – eine langsame, sichere Tötung. Mein Vater konnte sich niemals damit abfinden, dass dieser nette Jura einen Menschen hatte töten können, und mit dem, was danach geschehen war. Jura schrieb mir noch viele Jahre lang. Seine Insulin-Handschrift wurde immer zittriger, als würde sie zuerst vom Schüttelfrost und dann vom Permafrost des Jenseits mitgenommen. Ich habe diesen Prozess nur beobachtet, als ich zur Uni in Tartu ging, als die Sowjetunion zerfiel, als ich zum ersten Mal in die USA fuhr. Viel später habe ich verstanden, dass die Durchsuchung unserer Wohnung Anfang der achtziger Jahre – war ich da elf? – und die Beschlagnahmung der Briefe von Jura die Folge seines Verbrechens war und auch meinen Vater, der auch so schon unter keinem guten Stern stand, noch weiter ins soziale Unglück trieb. Und Jura schrieb vielleicht nur mir. Irgendwann kamen keine Briefe mehr, ich habe kaum bemerkt, wann sie ausblieben. War ich das einzige Kind gewesen, das er beschert hatte?

Ich finde keine Erklärung dafür, warum ich so lange an Väterchen Frost geglaubt habe. Ich wusste schon, wie Kinder gezeugt werden und wie die Kernspaltung funktioniert, aber ich ließ in dieser Nacht stets ein Fensterchen offen, damit Väterchen Frost Geschenke unter den Baum legen konnte. Niemals habe ich meine Eltern dabei ertappt. Und so blieb die Kindheit intakt: Man wacht auf, unter dem duftenden Baum liegen Geschenke, die Früchte des Jahres, von einem Wundermann gebracht. Und später liegt das Bäumchen auf der Straße.

Harald Martenstein

Die Heilige Familie

Die Beratungen in Maastricht zogen sich und zogen sich, bis sie einsahen, alle zusammen, beinahe gleichzeitig, dass sie es vor den Feiertagen nicht schaffen würden. Die Briten mauerten, die Polen wollten mehr Geld, die Franzosen lavierten, und der Luxemburger löste unter dem Tisch heimlich ein Sudoku. Jeder wollte nach Hause, jeder hatte genug von den anderen. Bei der Pressekonferenz musste Holz nicht unbedingt dabei sein, die Kanzlerin würde das machen. Er konnte am Abend zusammen mit den anderen zurück nach Berlin fliegen, aber er wusste nicht, was er da machen sollte. Termine standen nicht an.

Holz verabschiedete sich von seinen Mitarbeitern, Frohes Fest, und verließ das Gebäude durch den Hintereingang. Einer seiner Personenschützer telefonierte nach dem Fahrer. Holz atmete erleichtert die Winterluft ein, über der Maas stand Nebel. Er suchte in seiner Jacke nach Zigaretten. Weihnachten deprimierte ihn immer, Weihnachten war ein Sonntag hoch drei. Im letzten Jahr hatte er an Heiligabend alleine zu Hause gesessen, und wenn ihm nicht ganz schnell etwas einfiel, dann würde es in diesem Jahr so ähnlich laufen. Seit er Minister war, hatten sich die alten Freundschaften gelockert, wahrscheinlich aus Zeitmangel – viele Freundschaften waren es ohnehin nicht. Jemanden anzurufen und sich selbst einzuladen, brachte er nicht über sich, dazu war er zu stolz.

Holz wollte unbedingt Minister werden, das hatte er geschafft. Glücklicher wäre er wohl als Anwalt geworden, so viel war ihm inzwischen klar. Sein Ehrgeiz war müde und schlaff geworden über die Jahre, das hatte auch die Presse gemerkt.

Zwei Jahre noch bis zu den Wahlen, im nächsten Kabinett würde er wahrscheinlich nicht mehr sitzen. Das Bundestagsmandat war vermutlich noch einmal zu halten. Sechs Jahre noch, dann Feierabend.

Die Personenschützer waren erleichtert, als er sie wegschickte, Richtung Flugplatz. Auf seine Verantwortung, na klar. Das waren sie gewohnt. Er konnte es nicht ertragen, ständig diese glatt rasierten, höflichen jungen Männer um sich herum zu haben. Er hatte ihnen oft genug gesagt, dass sie sich um die Vorschriften und Gepflogenheiten nicht zu kümmern brauchten, er nehme alles auf seine Kappe. Die Gefahr war überschaubar. Soweit er wusste, war er nicht sonderlich verhasst, auch nicht übermäßig beliebt. Er war in jeder Hinsicht unauffällig und ließ die Finger von Themen, die hohe Wellen auslösten. Er war ein fähiger Verwalter und ein treuer Gefolgsmann der Partei. Das schon.

Sie passierten die Grenze, die nicht weit war, und steuerten Aachen an. Dort entließ er auch den Fahrer und nahm ein Taxi. Es sei etwas Privates, was er vorhabe, sagte er, Frohes Fest, Alles Gute, am zweiten Feiertag um neun Uhr holen Sie mich dann bitte zu Hause in Zehlendorf ab. Auch der Fahrer kannte seine Gewohnheiten. Vermutlich dachte er, dass Holz hier in der Nähe eine Geliebte hatte, weil es immer so lief, wenn Holz in dieser Gegend war. Vermutlich wunderte der Fahrer sich, weil er ihn doch ohne Weiteres zu seiner Geliebten hätte fahren können, bei anderen lief es doch auch so. Und auf die Diskretion der Fahrer konnte man sich einigermaßen verlassen, eher jedenfalls als auf die Diskretion eines Taxifahrers. Aber er sagte nichts.

Holz' Geliebte wohnte allerdings in Berlin, eine verheiratete Mitarbeiterin seines Ministeriums, die während der Feiertage natürlich unabkömmlich war. Dass er dieses Risiko eingegangen war, diese Affäre mit Potential für die Boulevardpresse, wunderte ihn selbst. Vor zehn Jahren, als der Ehrgeiz noch in ihm brannte, hätte er von so etwas die Finger gelassen. Aber hier ging es um etwas anderes. Er nannte dem Taxifahrer den Namen eines Dorfes in der Eifel, sechzig oder siebzig Kilometer entfernt. Der Taxifahrer, ein Afrikaner augenscheinlich, erkannte ihn nicht. Das war nämlich das Gute an Taxis, oft saßen am Steuer Menschen, die mit der deutschen Politik nichts am Hut hatten.

In Netwich stieg Holz auf dem Marktplatz aus und ließ sich die Nummer geben, unter der man hier ein Taxi rufen konnte. Er ging die paar Meter bis zum Schwarzen Falken und bestellte einen Glühwein. Die Kellnerin kannte ihn inzwischen, er hatte ihr auch mal ein Autogramm gegeben. Sie glaubte, dass seine Mutter hier in der Nähe wohnte. Es war längst dunkel inzwischen, aber noch nicht Abendessenszeit. Der Gastraum war leer. Holz nahm sich ein Zimmer, zur Sicherheit, falls es nachher zu spät sein würde, auf die fünfzig Euro kam es nicht an. Außerdem konnte er dort seine Tasche abstellen. Seine Mutter sei nun doch ein bisschen gebrechlich geworden, sagte Holz. Das überfordert sie, wenn ich bei ihr schlafe, die Arbeit wird ihr zu viel.

Der Weg war nicht sehr weit, aber doch unangenehm, in der Eifel war es kälter als in Maastricht. Holz ärgerte sich über seine Schuhe, schwarze, dünne Ministerschuhe mit glatten Sohlen, die bei jedem Schritt ein bisschen in den matschigen Waldboden einsanken. Das Haus lag am Rand von Netwich, eine ehemalige Scheune, sehr geschmackvoll ausgebaut. Unten ein einziger, riesengroßer Raum mit meterhohen Fenstern, frei stehendem Herd, Kamin und großen Sofas, oben zwei kleinere Zimmer, soweit das von außen zu erkennen war.

Es war sein siebter oder achter Besuch. Lange Zeit hatte er gar nicht gewusst, wo Greta lebt. Sicher, das hätte sich mit wenig Mühe herausfinden lassen. Was ihn von der Suche abhielt, wusste er genau, es war Scham. Nicht Feigheit, wirklich nicht, eher Scham. Dann hatte er doch irgendwann, nein, nicht irgendwann, vor drei Jahren ziemlich genau, Barbara gegoogelt. Sie arbeitete inzwischen als Physiotherapeutin, sie hatte eine Homepage, mit Adresse. Praxis im Haus. So einfach war das. Wenn man nur will, verliert man niemanden aus den Augen. Jemanden aus den Augen zu verlieren ist immer eine bewusste Entscheidung. Barbaras Foto, offenbar von einem Profi gemacht, ziemlich schmeichelhaft, löste nichts in Holz aus, keine Wut, kein Bedauern, gar nichts. Fotos von Greta fand er nirgends.

Sein Beobachtungsplatz lag etwas erhöht, hinter einem Nadelbaum, die Arten konnte Holz nicht unterscheiden. Im Winter war es unbequemer, hier zu stehen, wegen des Wetters, aber auch sicherer und erfolgversprechender, die Dunkelheit draußen, die Beleuchtung im Haus. Greta war da. Sie saß im ersten Stock an ihrem Computer. Sie war jetzt vierzehn. Holz hatte darüber nachgedacht, unter falschem Namen im Internet mit ihr Kontakt aufzunehmen. Aber er wusste nicht, wie er das anstellen sollte, er war nicht gut in diesen Sachen und wollte niemanden um Rat fragen. Greta stand auf, verließ das Zimmer, kehrte mit einer Tasse zurück. Ihre Haare waren länger als beim letzten Mal. Das Kindliche verschwand allmählich, ihr Gesicht streckte sich, alles an ihr wurde länger und dünner. Holz holte sein Fernglas aus der Manteltasche.

Als Barbara damals schwanger wurde, war Holz sofort von der Verbindung zurückgetreten, weil das so zwischen ihnen nicht abgesprochen war. Das hatte Barbara alleine entschieden, damit sollte sie dann auch alleine zurechtkommen. Holz konnte sich damals ein Kind durchaus vorstellen, ganz allgemein, irgendwann vielleicht – aber nicht auf so eine Art, zufällig, jetzt, und nicht mit einer Frau, die er erst seit ein paar Wochen kannte und höchstens zehnmal getroffen hatte. Überrumpelungsstrategie, das kannte er von Parteitagen, damit kam man bei ihm nicht durch. Erst wird gewählt, dann wird die Koalition ausgehandelt, ganz zum Schluss werden die Posten besetzt. In genau dieser Reihenfolge, nicht andersherum.

Holz hatte bezahlt, monatlich, was zu bezahlen war. Als er, zwei oder drei Jahre nach der Geburt, vorsichtig seine Fühler ausstreckte, in Form eines freundlich tastenden Briefes, Entschuldigung, Panik damals, dumm gewesen, zur Besinnung gekommen, lass uns an das Kind denken, unser Kind, kam keine Antwort. Anrufe – fünf? sechs? – wurden nicht angenommen. Holz dachte das Übliche, wissend, dass er das Übliche dachte. Barbaras Wut verstand er ja, aber was tut sie denn Greta an, Greta als Werkzeug, Greta als Waffe. Er hätte den Rechtsweg beschreiten können, zumindest ein Umgangsrecht wäre dabei herausgekommen. Aber er wartete, er wog ab, die öffentliche Wirkung, das entsetzliche Verfahren gegen das bescheidene Recht, alle vierzehn Tage das Kind zu sehen, vielleicht, falls Barbara mitspielte, jetzt saß sie am längeren Hebel, nicht er, darauf lief es doch hinaus. Und so verging ein Jahr, und wieder eines, er war auf einmal Minister, und dann hatte er zu lange gewartet, dann war das Kind schon größer geworden, und er war ihr unwiderruflich ein fremder Mensch und schämte sich auch. Er hätte mehr tun können.

Jetzt stand er hier. Hauptsächlich aus Neugier. Oder aus welchem Grund auch immer. Sie war ihm ja auch ein fremder Mensch. Holz erinnerte sich nicht, seit seiner Schulzeit jemals mit einem Mädchen dieses Alters mehr als drei Worte gewechselt zu haben. Wie redeten die überhaupt, schon wie Erwachsene oder noch wie Kinder?

Greta, dachte Holz, ist der einzige Verwandte, den ich habe. Die Eltern tot, Einzelkind, keine Onkel, Tanten, Nichten und Neffen, da ist nur Greta, in diesem Haus, an ihrem Computer. Durch sein Fernglas sah er, dass in ihrem Zimmer ein Poster hing, auf dem ein junger Mann zu sehen war, den er nicht kannte. Es schien eine Filmszene zu sein, also wahrscheinlich ein Schauspieler. Im Erdgeschoss stand ein Baum, noch ungeschmückt.

Es schneite inzwischen. Holz fror, vor allem an den Füßen. Der Schnee war nass, Nässe und Kälte kletterten die Schuhsohlen hoch. Ein bis zwei Zentimeter waren bestimmt schon gefallen, und die Flocken wurden größer. Das konnte ja heiter werden auf dem Rückweg. Spuren würde er außerdem hinterlassen. Während Holz sich innerlich auf den Rückweg vorbereitete – zum Dorfplatz würde er sicher zwanzig Minuten brauchen, wenn nicht eine halbe Stunde –, hörte es auf zu schneien, und ein kalter, kristallharter Regen setzte ein. Holz schüttelte sich. Dann fasste er einen Entschluss. Er setzte Fuß vor Fuß, vorsichtig, wegen der Glätte, und stieg den Hang hinab, Richtung Haus. Er wusste noch nicht, was er sagen würde. Das hing auch davon ab, wer die Tür öffnete.

Barbaras Auto sprang wieder einmal nicht an, sie wollte längst schon zu Hause sein, um sich dort dem schwierigsten Weihnachtsfest ihres Lebens zu stellen. Stattdessen wartete sie auf den Pannendienst. Das Auto brauchte eine neue Batterie, das wusste sie. Aber finanziell war es nicht einfach zurzeit. Der Ausbau der Scheune war teurer gewesen als erwartet, die Praxis lief, na ja, so mittel. Die Gegend hier war dünn besiedelt, und Konkurrenz gab es reichlich. Der Rücksitz des Autos war mit Einkaufstüten bedeckt, die Gans lag im Kofferraum, dazu ein paar Geschenkpakete für Nachbarn, auf den letzten Drücker besorgt. Hier auf dem Land hielt man Kontakt, außerdem waren die Nachbarn potentielle Kunden. Für ein paar kleine Aufmerksamkeiten musste einfach Geld da sein. Der Pannenhelfer kam erst nach mehr als einer Stunde und wollte ihr natürlich eine neue Batterie verkaufen, alles andere hatte keinen Zweck. Sie konnte mit der Kreditkarte bezahlen.

Der letzte Anruf von Holz lag drei oder vier Jahre zurück. Das war auch kurz vor Weihnachten gewesen, am 23., wie an diesem Tag, Holz wollte mit Greta sprechen. Barbara hatte aufgelegt, wie jedes Mal. Sie fühlte sich nicht besonders gut dabei. Inzwischen wäre es möglich gewesen, mit ihm zu sprechen, ganz normal, und ein Arrangement zu treffen. Es gab ganz sicher üblere Typen als Holz – er war ichbezogen, karrierefixiert, kalt, das alles, aber gewissenlos oder bösartig war er nicht. Dass er ihr sofort unterstellt hatte, ihn mit einer Schwangerschaft, die ein Zufallsprodukt war, hereinlegen und zu irgendetwas zwingen zu wollen, hing auch mit seiner Politikerexistenz zusammen. Da wird ständig intrigiert und laviert, da gibt es keine Zufälle. Da belauert jeder den anderen. Darüber hatte Holz gejammert, dann hatte er gelacht und gesagt: »Ich bin selber auch so.« Damals war er noch ein einfacher Abgeordneter.

Das größte Problem bestand darin, dass Greta glaubte, ihr Vater sei tot. Irgendwas musste sie dem Mädchen doch sagen, als es anfing, Fragen zu stellen. Die Wahrheit war zu kompliziert. Gretas Vater ist ein wunderbarer Mann gewesen, er liebte sie sehr, er war so glücklich, als sie geboren wurde. Und dann starb er. Vier Wochen nach der Geburt. Im Laufe der Zeit stellte sich allerdings heraus, dass Lügen noch komplizierter sein können als die komplizierteste Wahrheit. Das fing mit dem Grab an, das Barbara ausgesucht hatte, ein Grab in Bonn, zu dem sie mit Greta in jedem Jahr zwei-, dreimal Blumen brachte, immer von der Angst geplagt, dass da auf einmal eine Witwe auftauchte oder sonst ein Verwandter.

Natürlich stand über den Toten nichts im Internet, das hatte Barbara gründlich gecheckt. Und als Greta größer wurde und selber dahin wollte, zu diesem Grab, waren sie weggezogen. Greta besaß auch eine eigene Telefonnummer, die nicht im Telefonbuch stand. Für den Fall, dass Holz sie anrufen wollte. Ein paar Fotos des angeblichen Vaters gab es auch. Die Fotos zeigten einen von Barbaras Exfreunden, der inzwischen in Kanada lebte. Trotzdem war das Eis dünn. Früher oder später musste das alles herauskommen. Eine schreckliche, dumme Idee, ein Fehler, eine Idiotie. Barbara schämte sich, und seit sie ihren Fehler erkannt hatte, sah sie Holz in einem milderen Licht. Es war Zeit aufzuräumen.

Heute Abend. Barbara wollte kochen, ein bisschen gute Stimmung verbreiten und dann die Geschichte erzählen. Eine Geschichte, in der sie nicht gut aussah. Aber das musste sein. Greta war wie sie. Greta würde wütend reagieren, herumschreien, die Wände hochgehen. Und dann würde Barbara die Telefonnummer von Holz auf den Tisch legen. Ruf ihn an. Am besten jetzt gleich. Er wird sich freuen. Alles Weitere findet sich dann.

Die Straßen waren glatt. Eisregen. Barbara fuhr im Schritttempo. Dort, wo der Weg zu ihrem Haus abbog, an der leichten Steigung, drehten die Reifen durch, neue Winterreifen waren auch dringend nötig. Greta stand am Herd und kochte Tee. Neuerdings mochte sie Früchtetee. Sie half beim Ausladen des Autos, widerwillig, wie immer.

»War was Besonderes?«, fragte Barbara.

»Ein Mann war da«, sagte Greta.

»Du hast dem doch hoffentlich nicht aufgemacht«, sagte Barbara. Das war der Nachteil des Hauses, die einsame Lage. Aber Greta wusste ja, was alles passieren kann. Die nächsten Nachbarn, fünf Fußminuten entfernt, nette Leute, die würden im Notfall sofort zu Hilfe kommen.

»Der Mann wollte mit dir sprechen«, sagte Greta. Sie hatte nicht die Tür aufgemacht, sondern das Fenster im Obergeschoss. Der Mann war schon älter und seltsam angezogen, schicker Mantel, Krawatte, darunter wohl ein Anzug, nicht das, was man trägt, wenn man in der Eifel durch den Wald läuft. Aber ganz nett offenbar.

Es tat ihm furchtbar leid, dass Barbara nicht zu Hause war. Er sei ein alter Freund, zufällig in der Gegend. Er lobte Greta, weil sie so vernünftig war, nicht die Tür aufzumachen. Das würde er seiner eigenen Tochter auch empfehlen, in so einem Haus muss man vorsichtig sein. »Weißt du«, rief der Mann, »es regnet doch so schlimm, und ich habe völlig falsche Sachen an, ich wollte eigentlich gar nicht vorbeikommen, das war eine spontane Idee. Ich bin ja selber schuld, wenn ich jetzt nass bin. Aber kannst du mir vielleicht was für den Rückweg runterwerfen? Eine Plastiktüte, die ich über den Kopf halten kann? Oder einen Schirm? Ein Schirm wäre natürlich das Allerbeste.«

»Da habe ich ihm meinen Kinderschirm runtergeworfen«, sagte Greta. »Mit den Bildern von Biene Maja drauf. Den benutze ich sowieso nicht mehr. Oh, was für ein toller Schirm, hat er gerufen, das ist ab sofort mein Lieblingsschirm. Dann hat er doch tatsächlich seine Brieftasche genommen, alle Papiere und Plastikkärtchen rausgenommen und sie zu mir hochgeworfen. Siehst du, hat er gerufen, ich bezahle auch was für den schönen Schirm.«

»Und weiter?«

»Dann ist er gegangen. Hat sich ein paarmal umgedreht und gewunken. In der Brieftasche waren dreihundert Euro drin.«

»Sehr seltsam«, sagte Barbara. »Gut, dass du dem nicht aufgemacht hast. Normal ist das nicht.«

»Aber ich glaube nicht, dass er verrückt ist oder ein Perverser. Der wirkte nicht so. Vielleicht ist er einfach nur reich. Oder in Weihnachtsstimmung. Dreihundert Euro. Die können wir brauchen. Am Auto sind doch tausend Sachen kaputt.«

Dieses Ereignis beschäftigte Barbara so stark, dass sie ihre Pläne für den Abend beinahe geändert hätte. Aber sie wusste, dass sie nur nach einer Ausrede suchte, um das Unangenehme, dieses Gespräch, das sie seit Monaten vor sich herschob, ein weiteres Mal verschieben zu können. Nein, diesmal nicht. Sie machte Rührei mit Kräutern, etwas Leichtes, morgen gab es schließlich die Gans. Barbara stand auf. Es war so weit.

»Koch uns noch einen Tee«, sagte sie. »Ich hole schnell Kaminholz. Und dann erzähle ich dir etwas. Etwas sehr Wichtiges.«

Der Weg zum Schuppen führte hinter das Haus, wo ein vereister Trampelpfad über eine leichte Anhöhe in Richtung Dorf führte. Neben dem Schuppen, dort, wo der steile Teil des Weges begann, sah sie ihn liegen. Er sah alt aus. Seine Augen waren offen, in der Hand hielt er noch den Schirm. Der Regen auf seinem Mantel war bereits zu einer dünnen Eisschicht gefroren. Barbara sah, dass sie Holz nicht mehr helfen konnte. Dann ging sie langsam zurück zum Haus und erzählte ihre Geschichte.

Im Kreis unserer Lieben

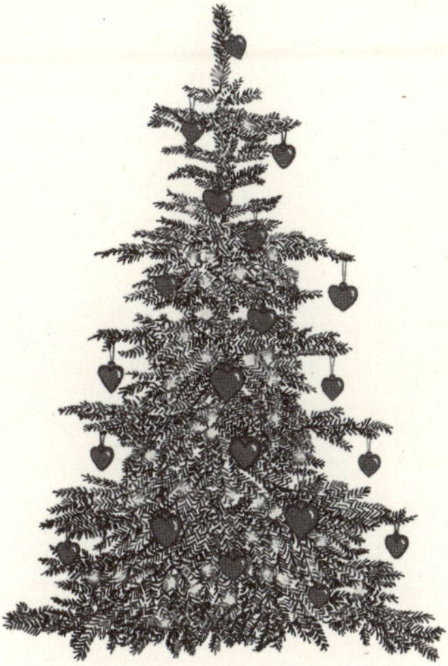

Annika Scheffel

Weihnachten glücklich

Wir sind ideal. Das soll nicht angeberisch klingen, so meine ich das nicht. Wir sind einfach ideal. Für diesen Zweck sind wir die Besten und damit werben wir. Wir wären dumm, wenn wir's nicht täten. Die Idee hatte mein Vater, an Ostern vor vielen Jahren, als wir zusammensaßen beim Hefezopf und über Weihnachten sprachen. Darüber, dass in wenigen Monaten schon wieder die Weihnachtsmänner auftauchen würden, im August, allerspätestens im September. Papas Blick ging in die Runde, er sah meine Mutter an, sah von Kind zu Kind, von meinen zwei Brüdern zu mir, zu meiner kleinen Schwester. Zufrieden sah er aus, das weiß ich noch genau.

Ideal, sagte mein Vater und: Perfekt. Er strahlte übers ganze Gesicht, noch nie hatte ich ihn so glücklich gesehen, jedenfalls konnte ich mich nicht daran erinnern. Auch meine Mutter war irritiert, beinahe vorwurfsvoll klang sie, als sie ihn fragte, was denn bitte schön so perfekt sei. Na, wir, sagte mein Vater, sieh doch nur. Unsere Kinder, wie schön sie sind und anständig und ordentlich.

Neben mir schob mein älterer Bruder seine klebrigen Hände in die Hosentaschen, und meine kleine Schwester sah meinen Vater groß an und fragte: Magst du uns? Mein Vater nickte eilig, ja, ja, natürlich möge er uns, schließlich seien wir seine Kinder, aber darum ging es gar nicht, das war momentan so überhaupt nicht das Thema.

Nein, sagte mein Vater. Nein, es geht darum, wie aus uns doch noch etwas werden kann, aus unserer Familie. Meine Mutter protestierte, sie sagte, wir sind doch schon etwas und brauchen nicht erst – aber mein Vater fiel ihr ins Wort.

Es ist nicht einfach, sagte er, wir sind so viele, und das Geld ist knapp. Eine Idee muss her, ich überlege schon lange, insgeheim, und jetzt weiß ich, was zu tun ist.

Gespannt warteten wir darauf, was er uns vorschlagen würde, was zu tun sei, aber meine Mutter nutzte seine Kunstpause für eine langweilige Frage: Warum ist das Geld knapp? Die Branche, sagte mein Vater, die schließen doch alles. Meine Mutter machte ein entsetztes Gesicht, dass es der Branche schlechtging, wussten wir schon seit Wochen, aber so schlecht, dass es uns betraf, das war neu.

Aber dein –. Weg, sagte mein Vater fast fröhlich, ich bin raus und die Hälfte der anderen auch. Aber das macht nichts.

Wir hielten den Atem an, meine Mutter dachte nach. Wir haben noch mein Gehalt, sagte sie, und ich entspannte mich wieder. Ich hatte uns schon gesehen, alle sechs, wie wir in Omas und Opas kleines Gartenhaus einzogen. Ich mochte das Gartenhaus, aber ich mochte auch mein Zimmer mit dem Hochbett, der Höhle, der Sternenlampe.

Du wirst deinen Job aufgeben müssen, sagte mein Vater, und jetzt sah meine Mutter wieder sehr entsetzt aus. Mir fiel ein, dass es im Gartenhaus nicht mal ein richtiges Klo gab, nur ein schwarzes Loch in einem Verschlag voller Spinnennetze, in den schon im Herbst der Winterwind hineinpfiff. Wenn es ein Jenseits gab, dann begann es hier, da war ich mir sicher.

Ich gebe meinen Job nicht auf, rief meine Mutter und sprang auf, warf ihr Glas dabei um, hochdramatisch, und meine kleine Schwester begann zu weinen. Schhh, zischte mein Vater ungeduldig in ihre Richtung, dann wandte er sich meiner Mutter zu. Alles wird gut, keine Sorge. Es könnte sogar sein, dass wir das ganz große Geld machen. Meine Mutter sah meinen Vater an, als wäre er verrückt geworden, und vielleicht war er das ja auch, mir war's egal, ich dachte nur an mein Pony. An das Pony, das meines wäre, wenn wir das ganz große Geld machen würden. Ich stellte mir den Geldspeicher vor, prallgefüllte Geldsäcke, ein goldglänzendes Pony mit leuchtend rotem Geschirr und mich auf dem Sattel im Galopp.

Ich möchte ein Pony, sagte ich, und endlich hörte meine kleine Schwester auf zu weinen, sie sagte, dass sie auch ein Pony wolle und dass es gemein sei, wenn nur ich eins bekäme, schließlich hätte ich schon das Hochbett, und da wäre nun also erst einmal sie an der Reihe.

Du darfst aber auch mal drauf, sagte sie zu mir, und ich wollte noch widersprechen, dass es meine Idee gewesen sei, mit dem Pony, und sie mir nicht immer alles nachplappern solle, aber da unterbrach uns meine Mutter.

Ihr seid doch alle verrückt, rief sie und sah dabei am verrücktesten aus, wie sie da stand, ihre Hose nass vom Apfelsaft naturtrüb aus dem umgeworfenen Glas. Mein Vater legte ihr den Arm um die Schulter, für einen Moment sahen die beiden aus wie mein älterer Bruder und sein bester Freund Mo, und das war das letzte Mal, dass ich sie so nebeneinanderstehen sah und mir sicher war, dass sie echt war, diese Einigkeit.

Meine Mutter löste sich aus der Umklammerung, stemmte die Hände in die Hüften und sah meinen Vater herausfordernd an: Nun sag schon, was ist der Plan? Wie werden wir reich? Alle Blicke waren auf meinen Vater gerichtet, mein jüngerer Bruder war so gebannt, dass ihm ein Stück halbgekautes Schinkenbrot aus dem Mund auf den Teller fiel. Meine Schwester flüsterte: Iiieh, aber auch das klang andächtig, auch das klang nach Verheißung, und mein Vater genoss die Aufmerksamkeit. Weihnachten, sagte er, Weihnachten wird uns retten. Weihnachten macht uns reich. Meine Mutter verstand sofort.

Von diesem Tag an wurde alles anders. Wir waren immer eine sehr normale Familie gewesen, durchschnittlich laut, durchschnittlich zufrieden und durchschnittlich glücklich, ab diesem Tag arbeiteten wir daran, perfekt zu werden, ideal. Wir taten alles dafür, wir wollten reich werden, ein Pony haben, einen echten Bagger, einen Billardsalon, wir wollten eine Weltreise machen und im Ausland studieren, ein Segelboot kaufen, endlich den Kredit für das kleine Haus abbezahlen und ein neues, viel größeres bauen. Eins mit Pool. Wir wollten nicht, dass durch Papas Jobverlust etwas schlechter wurde, wir wollten, dass es ab jetzt steil bergauf ging, auch wenn es mit der Branche rasend abwärts ging.

Mama kündigte mit den Worten: Danke, aber ich habe etwas Besseres, und erzählte uns danach stolz, wie ihre Chefin mehrere Schritte nach hinten getaumelt und schließlich kraftlos auf ihren Schreibtisch gesunken war. Mama hatte in der Werbung gearbeitet, und das kam uns nun zugute. Alles oder nichts, hatte mein Vater erklärt, alles oder nichts, war unsere Devise, während wir uns darauf vorbereiteten, erfolgreich zu werden.

Meine Brüder und ich gingen weiter zur Schule, aber mein Vater riet uns, unsere Aufmerksamkeit gezielt einzusetzen. Musik und Kunst seien von nun an besonders wichtig, Mathe hingegen könnten wir vergessen, um die Finanzen werde erst er und dann einer unserer vielen noch anzustellenden Angestellten sich kümmern. Meine kleine Schwester widmete sich im Kindergarten nicht länger der Bau- und Puppenecke, sondern verbrachte ihre Tage am Basteltisch, malte unzählige Bilder von lachenden Engeln und grinsenden Weihnachtsmännern. Natürlich nahm eines Tages beim Abholen eine Erzieherin meine Mutter beiseite und fragte, ob bei uns zu Hause alles in Ordnung sei, das Verhalten meiner Schwester deute auf den Wunsch nach Glück und Stabilität hin. Wünschen wir uns das nicht alle, entgegnete meine Mutter lächelnd, und als die Erzieherin traurig seufzte, hatte ihr meine Mutter den soeben aus dem Druck kommenden Werbeflyer zugesteckt. Weihnachten glücklich, las die Erzieherin und sah meine Mutter fragend an. Erklärt sich von selbst, sagte meine Mutter, lächelte sanft, milde und süß, wie wir es lange gemeinsam vor dem Spiegel geübt hatten, schnappte sich meine kleine Schwester und verließ den Kindergarten. Tatsächlich rief die Erzieherin im nächsten Januar an, sie ist bis heute eine unserer besten Kundinnen.

Wie gesagt, wir bereiteten uns vor. Mein Vater legte eine Sammlung einschlägiger Lieder an, abends, jeden Abend, wurde geübt, meine Brüder mussten Klavierstunden nehmen, meine Schwester und ich wurden gezwungen, unsere Blockflöten wieder herauszukramen. Wir litten wirklich, aber wir wussten wofür.

Ein Pony, seufzte meine Schwester abends beim Einschlafen, und ich nickte mit schwerem Kopf. Um uns waberte der Duft von Elisenlebkuchen, Spritzgebäck, Makronen und Spekulatius. Wir hatten längst keine Lust mehr auf Süßes, aber irgendwer musste das Zeug ja testen, und unsere Nachbarn hatten sich immer mehr von uns zurückgezogen, die letzten, als Papa die beiden Rentiere auf unser schmales Gartenstück geführt hatte. Die Nachbarn sagten nichts, heimlich und stumm beobachteten sie nur, wie Papa neben den grasenden Rentieren an seinem Schlitten schraubte. Dass er Räder hinter den Kufenattrappen verstecken musste, gefiel ihm gar nicht. Da geht sie hin, die Authentizität, schnaufte er, die Backentaschen voller Zimtsterne. Aber was soll man tun, nicht jeder kann das Glück haben, in Lappland zu leben. Lappland, wiederholte mein älterer Bruder sehnsüchtig.

Wir waren alle besessen, das war ganz schnell gegangen, und wir protestierten nicht einmal, als meine Mutter uns die Kostüme präsentierte. Nie im Leben hätte ich gedacht, einmal gut gelaunt in Faltenrock, Bluse und Lackschuhe zu schlüpfen. Dass meine kleine Schwester eine halbstündige Frisiertortur über sich ergehen lassen würde. Dass meine Brüder sich freiwillig die Fingernägel bürsten und mein Vater sich unter den belustigten Blicken der Nachbarn auf einen gefälschten Weihnachtsmannschlitten setzen und von zwei mageren Rentieren schwitzend durch unsere Reihenhaussiedlung fahren lassen würde. Im Sommer. Im Weihnachtsmannkostüm. Zu Übungszwecken, sagte mein Vater, und der dicke Bauch war echt und der dichte Bart war echt und musste nur noch weiß gefärbt werden. Stolz sah meine Mutter uns an, ihren Weihnachtsmannmann, ihre Vorzeigekinder, dann griff sie nach den Flügeln, schnallte sie sich auf den Rücken, fuhr sich energisch durch die extra blondierte kleinstteilig gelockte Dauerwelle und sagte: Wir sind bereit. Weihnachten kann kommen.

Und Weihnachten kam, mit der ersten Anmeldung am Montag nach dem ersten Advent. Wir hatten die Werbekampagne erst mit Beginn des Adventskalenders gestartet, meine Eltern waren der Meinung gewesen, dass wir vorher in der Sparte der verfrühten Weihnachtsmänner gelandet und als aufdringlich, wenn nicht nervtötend empfunden worden wären. Man soll uns mit etwas Positivem verbinden, nicht mit dem Ende des Sommers, hatte meine Mutter erklärt. Aber jetzt war der Winter da, der Dezember, der Advent, unsere Zeit, von nun an bis in alle Ewigkeit. Meine Eltern hatten sich darauf geeinigt, im ersten Jahr für jeden Weihnachtstag nur je einen Kunden anzunehmen; wenn es gut lief, würde man die Geschäfte ausbauen, wenn nicht, wären wir ruiniert.

Rentierfleisch ist hier relativ teuer, murmelte mein Vater. Im Notfall, wenn es nicht klappt, müssen wir schlachten.

Der erste Kunde war ein älterer, reicher, alleinstehender Mann. Er hatte das Komplettpaket *Weihnachten traditionell de luxe* gebucht. Eine gute Übung, sagte mein Vater noch, als er sich von meiner Mutter und uns verabschiedete. Wir fuhren mit dem Familienkombi, mein Vater hatte seinen Auftritt natürlich erst später am Abend, schließlich war er der Weihnachtsmann. Eigentlich war er davon ausgegangen, meine Mutter würde mit ihm gemeinsam auftreten, aber als meine Mutter die Angst in den Augen meiner kleinen Schwester sah, hatte sie es sich anders überlegt. Ich lass die Kinder doch nicht allein in die Häuser irgendwelcher Wildfremden! Mein Vater hatte auf den Anmeldebogen gedeutet, auf dem die Kunden detailliert über sich und ihre Weihnachtsvorlieben Auskunft geben mussten, und gerufen, dass das doch keine Wildfremden seien! Aber meine Mutter blieb eisern. Das Erscheinen des Engels zusammen mit den rotwangigen Leihkindern erklärten wir den Kunden so, dass der Engel gewissermaßen das Christkind sei, in der Tradition also vor dem Weihnachtsmann existiert habe und so ein früherer Auftritt historisch durchaus konsequent war. So steht es seit Jahren in der Broschüre, nie hat sich jemand darüber beschwert.

Unser erster Kunde, aus Datenschutzgründen nenne ich ihn Herrn Max Mustermann (tatsächlich hieß er so ähnlich), beschwerte sich zwar nicht über den Auftritt des Engels, dafür aber über beinahe alles andere. Es begann damit, dass wir im

Weihnachtsverkehr feststeckten und eine halbe Stunde zu spät kamen. Herr Mustermann wartete schon ungeduldig, er hatte sich feingemacht, vom Baum tropfte das Wachs auf den Marmorboden seines großen Kaminzimmers. Wir standen und staunten im Licht des Kronleuchters, und unsere Mutter musste uns daran erinnern, dass wir Herrn Mustermann nach einem Knicks oder Diener die schwere Keksdose zu überreichen hatten. Mitten in seinen Vortrag über Pünktlichkeit hinein präsentierten wir ihm also die fein sortierten Weihnachtskekse. Einen Moment lang war er sichtlich bewegt, gab sich dann aber wieder kühl. Was ist mit den Liedern, fragte er, fürs Rumstehen werdet ihr nicht bezahlt. Meine Geschwister und ich waren ziemlich verschüchtert, mich erinnerte das Ganze an den Film über den kleinen Jungen, der ein Lord werden muss, an den alten Griesgram, an das große Schloss. Ich überlegte, ob ich den Alten durch ein Tänzchen aufheitern könnte, entschied mich aber dagegen und griff zur Blockflöte. Auf ein Zeichen meiner Mutter begannen wir zu musizieren, wir spielten das ganze Repertoire, mehrmals. Auch mein Vater war in den Stau geraten und kam über eine Stunde zu spät. Zum Glück war Herr Mustermann ein großer Fan von Weihnachtsliedern. Als wir das dritte Mal *Vom Himmel hoch* anstimmten und meine kleine Schwester vom vielen Blockflöten schon ganz aus der Puste war, polterte es endlich gegen die Tür. Herr Mustermann sah ein wenig genervt aus, als er mit meinem Vater das Kaminzimmer betrat. Der war völlig verkühlt, später erzählte er uns, er habe zwanzig Minuten lang vor der Tür gestanden. Sein Klopfen und Hämmern schien aufgrund der Weihnachtslieder untergegangen zu sein, und Klingeln kam für meinen Vater nicht in Frage: Ein Weihnachtsmann klopft, das ist Ehrensache.

Meine Mutter und mein Vater performten nun die Übergabe der Geschenke. Auch hier gab es ein Standardset für jede Altersgruppe; als besonderes Extra hatte Herr Mustermann auf dem Anmeldebogen das Feld »Überraschung« angekreuzt und wurde nun mit einer Schachtel Zigarren nicht sonderlich überrascht. Unter einer Überraschung verstehe ich etwas anderes, polterte er und beruhigte sich erst, als meine kleine Schwester ihm eines ihrer selbstgemalten Bilder überreichte. Es zeigte ein krakeliges Haus, davor vier kleine Gestalten, einen schiefen Weihnachtsmann, einen knapp über dem Boden schwebenden Engel mit explodierendem Haar und, das war das Besondere, eine siebte Person, ein Strichmännchen. Das bist du, sagte sie, die natürlich wusste, dass man fremde Erwachsene siezt; für unser Weihnachtsgeschäft hatten sie unsere Eltern von dieser Benimmregel befreit. Später führten wir auf dem Fragebogen das Feld Siezen oder Duzen ein, einige Kunden hatten völlig verstört reagiert, und so ersparten wir uns eine Menge Ärger.

Herr Mustermann jedenfalls verfiel meiner kleinen Schwester sofort, und von da an lief der Abend relativ gut. Nicht so gut natürlich wie unsere späteren Weihnachtsfeste, aber sehr gut dafür, dass es unser erster Geschäftstag war. Wir blieben drei Stunden, das hatte Herr Mustermann so gebucht. Länger wäre auch gar nicht möglich gewesen, die Rentiere fingen schon an, die Einfahrt zu demolieren. Anders als andere Kunden später hat Herr Mustermann nicht versucht, uns am Gehen zu hindern, aber als wir uns verabschiedeten, standen ihm Tränen in den Augen, das hab' ich genau gesehen, auch wenn meine Brüder es später bestritten. Sie hatten sich darauf geeinigt, in Herrn Mustermann einen bösen alten Mann zu sehen, der niemals nie gerührt gewesen sei.

Meine Brüder behaupteten stattdessen, dass Herr Mustermann seine Frau neben dem Kamin eingemauert habe. Nur gut, dass er das Gekritzele gut fand, sagte mein älterer Bruder, sonst hätten wir das Weihnachtszimmer nicht lebend verlassen.

Wer hätte das gedacht, wir wurden tatsächlich reich, der Plan meines Vaters ging auf. Wir zogen um in ein sehr großes Haus mit Pferdekoppel und Billardsalon. Wir hatten zwar keine Zeit für die Weltreise, aber nach Weihnachten gönnten wir uns in den ersten Jahren immer eine Woche auf den Malediven. Wir erweiterten das Angebot um *Weihnachten modern* (ohne Engel und Weihnachtsmann, dafür mit Telefonkonferenz mit einem fiktiven guten und lange vermissten Freund), um *Weihnachten grandios* (unsere eigene Cateringfirma fuhr ein zwölfgängiges Menü auf, und wir brachten zwischen 20 und 50 Statisten mit, die je nach Wunsch in die Rolle der Freunde oder der Familie des Kunden schlüpften). Von *Weihnachten zu zweit* war mein Vater zunächst nicht sehr begeistert, aber als er bei einem seiner Einsätze die Liebe seines Lebens kennenlernte, änderte sich das. Die Trennung meiner Eltern hatte keinen Einfluss auf das Geschäft. Im Gegenteil, sie stürzten sich nur noch mehr in die Arbeit. Mit ihrer Traurigkeit konnte meine Mutter sich verblüffend gut in unsere zumeist sehr einsamen Kunden hineinversetzen. In dieser Zeit entstand dann auch das Angebot *Weihnachten mit der besten Freundin*, das meine Mutter, und später, als wir älter waren, auch meine Schwester oder ich, mit der Kundin Sekt trinkend und Schokolade essend in der Singleküche verbrachte. Die Ideen gingen uns nie aus und auch nicht die Kunden.

Mit Anfang dreißig verkündete mein älterer Bruder, er wolle auswandern in den Nahen Osten, mal was anderes sehen.

Natürlich waren meine Eltern nicht begeistert. Sie akzeptierten seine Entscheidung schließlich, als ich ihnen mitteilte, dass ich schwanger sei und der Mangel an kleinen Kindern also bald behoben sein würde. Mein Mann war ebenso wie ich von der Firma überzeugt, und so planten wir, schon bald eine sehr große Familie zu haben. Familie ist wichtig, wenn es um Weihnachten geht, das würde ich jederzeit unterschreiben. Und Weihnachten ist das Fest der Liebe.

Tatsächlich lernte ich meinen Mann während eines unserer Auftritte kennen, es war im August, wir hatten den Zeitraum unseres Angebots erweitert, es gab Menschen, die ihre Gründe hatten, Weihnachten im Sommer zu feiern, und außerdem gab es auf Feste bei über fünfundzwanzig Grad Außentemperatur zwanzig Prozent Rabatt. Betont gelangweilt stand Ulf hinter dem sommerlichen Weihnachtsbaum, einer buntgeschmückten Zimmerpalme, und verspeiste das Weihnachtseis. Obwohl ich mittlerweile das Engelskostüm meiner Mutter trug, auf dem Kopf eine goldlockige Perücke und rotwangiger war als jeder Gartenzwerg, war es Liebe auf den ersten Blick.

Ulfs Verhältnis zu Weihnachten änderte sich durch unsere Begegnung schlagartig und grundlegend, und mein Vater akzeptierte ihn augenblicklich, ich bin mir sicher, er sah sofort die unzähligen Möglichkeiten, die diese Familienerweiterung mit sich brachte. Außerdem war er froh, den Job des Weihnachtsmanns abgeben zu können, meine beiden Brüder hatten sich standhaft dagegen gewehrt, sich einen Bart wachsen zu lassen. Zwar hatte meine kleine Schwester angeboten, den Weihnachtsmann zu spielen, aber in diesem Punkt waren wir konventionell.

So waren wir also alle sehr froh, als Ulf in mein Leben trat. Und dann die Kinder. Und eines Tages deren Kinder. Und so weiter und so weiter. Es geht immer weiter. Dieser Branche wird es nie schlechtgehen. Das ist beruhigend in diesen schweren Zeiten und gut zu wissen, und als Ulf mich neulich gefragt hat, ob wir dieses Jahr nicht auch einmal Weihnachten feiern wollten, der Kinder zuliebe und ganz privat, da habe ich ihm erklärt, dass ich Berufliches und Privates nicht vermischen möchte. Weihnachten feiert unsere ideale Familie grundsätzlich nicht.

Moritz Müller-Schwefe

Weihnachten mit Frank

Gesendet: Freitag, 27. Dezember 2019 um 11:14 Uhr
Von: »NEARwana Kundencenter« <info@nearwana.de>
An: »Tom Voss« <voss@vossundpartner.de>
CC: »Lisa Weise« <weise@nearwana.de>
Betreff: AW: Beschwerde, Artikelnr. 19–1306, Kundennr. 90-1302

Sehr geehrter Herr Tom Voss,

vielen Dank für Ihre Nachricht. Wir bedauern, dass es bei der Benutzung Ihres NEARwana-Produkts zu Problemen gekommen ist. Um Ihre Anfrage bezüglich der Rückerstattung des Kaufpreises Ihres *Personalgrams* eingehend prüfen zu können, bitten wir Sie um eine kurze Beschreibung der aufgetretenen Probleme. Bitte schicken Sie diese Beschreibung bis Fr, 03.01.2020 an meine Kollegin aus der *Personalgram*-Kundenbetreuung, Frau Lisa Weise (im CC).

Mit freundlichen Grüßen,
Johann Schubert

Johann Schubert (Servicebot)
First Contact
NEARwana Kundencenter

Gesendet: Montag, 30. Dezember 2019 um 9:47 Uhr
Von: »Tom Voss« <voss@vossundpartner.de>
An: »Lisa Weise« <weise@nearwana.de>
CC: »NEARwana Kundencenter« <info@nearwana.de>
Betreff: AW: AW: Beschwerde, Artikelnr. 19–1306, Kunden-nr. 90-1302

Sehr geehrte Frau Weise,

Ihr Kollege aus dem Kundencenter, Herr Johann Schubert, verwies mich in meiner Angelegenheit an Sie. Es geht um meine, am 26.12.2019 an NEARwana versandte Beschwerde in Bezug auf das von mir am 16.12.2019 bestellte und am 24.12.2019 aktivierte NEARwana-*Personalgram* (»Hologramm Authentic«, Artikelnr. 19–1306). Meine Beschwerde betrifft den, in Ihrem Beschwerde-Kontaktfeld unter Punkt 3 geführten, Bereich »Fehlerhafte Darstellung eines NEARwana-*Personalgrams*«. Im Folgenden möchte ich die »fehlerhafte Darstellung« des von mir bestellten *Personalgrams* genauer erläutern und damit meine Beschwerde begründen.

Wie oben erwähnt, bestellte ich am 16.12.2019 (über den NEARwana *Customizer*) die Aktivierung eines *Personalgrams* für den Abend des 24.12.2019. Noch am Tag der Bestellung füllte ich die obligatorische Customizer-Creation-Maske aus und bestätigte den Auftrag. Wie Sie den angehängten Unterlagen entnehmen können, handelte es sich bei dem von mir in Auftrag gegebenen *Personalgram* um meinen vor drei Jahren verstorbenen Onkel, Herrn Prof. Dr. Frank Voss. Lassen Sie mich den Hintergrund meiner Bestellung an dieser Stelle kurz erläutern: Bis vor drei Jahren kam ich alljährlich mit meiner Frau und meinen Kindern (heute 5 und 7 Jahre alt) an den Weihnachtstagen mit meinem Onkel, Herrn Prof.

Dr. Frank Voss, zusammen, um mit ihm, sozusagen im Kreis der erweiterten Familie, die Feiertage zu verbringen. Da wir nun seit drei Jahren das Weihnachtsfest nicht mehr mit meinem Onkel, Herrn Prof. Dr. Frank Voss, verbringen können und meine Kinder sich seitdem jedes Jahr gerne, aber auch mit einer unübersehbaren Trauer an die Weihnachtsfeste mit genanntem Onkel erinnern, fasste ich den Plan, sie dieses Jahr mit einem *Personalgram* von Herrn Prof. Dr. Voss zu überraschen. Das *Personalgram* sollte am Abend des 24.12. aktiviert werden und meiner Familie und mir während des Weihnachtsessens sowie über den Zeitraum der anschließenden »Bescherung« hinweg Gesellschaft leisten. Da sich das *Personalgram* von Herrn Prof. Dr. Voss zu diesem Zweck zwischen verschiedenen Räumen bewegen sollte, wählte ich während des Customizer-Creation-Prozesses die Move-and-Follow-Option aus. Außerdem buchte ich, wie Sie auch der ebenfalls angehängten Rechnung entnehmen können, u.a. die Proactiv-Option und bat in dem dafür vorgesehenen Kontaktfeld darum, dass das *Personalgram* im Zeitraum seiner Aktivierung in Form von Erzählen der üblichen Anekdoten, Witze, Geschichten etc. sowie in den »Bewegungen«, d.h. Gestik, Mimik, Auftun von Speisen etc., eine gewisse Eigeninitiative zeigen sollte. Am Ende des Customizer-Creation-Prozesses wurde ich aufgrund meiner Angaben gebeten, NEARwana mittels Fastload diverse Dokumente, Dateien etc. zu übermitteln, die u.a. Aufschluss über die Bewegungen, d.h. Motorik, Haltung, Eigenheiten/Ticks etc., und mögliche Inhalte der Äußerungen bzw. Gegenstände des proaktiven Agierens Herrn Prof. Dr. Voss' geben könnten. Daraufhin übersandte ich NEARwana: ausgewählte Videos, auf denen HPDV in Bewegung zu sehen ist; Fotos, auf denen HPDV in Bewegung zu sehen ist; Passfotos; Urlaubsfotos; Tagebucheinträge HPDVs (besonders jene, in denen er vergangene Weihnachtsfeste beschreibt);

allerlei andere Schriftstücke; Briefe; SMS; E-Mails; Neuro-Mails, HPDVs Facebook- und LinkedIn-Profile u. v. m. Im Anschluss an den Fastload bat ich auf der entsprechenden Seite darum, mir, gegen den üblichen Aufpreis, wenige Stunden vor der Aktivierung des *Personalgrams* das Aufrufen eines *Testgrams* möglich zu machen. Damit schloss ich den Bestell- und Creation-Prozess ab. Nur wenige Minuten später erhielt ich via NeuroMail die beiliegende Bestätigungsmail Ihres Unternehmens.

Am Nachmittag des 24.12., gegen 16:00 Uhr wurde ich per NeuroMail darüber informiert, dass mein *Testgram* abrufbereit sei. Ich zog mich (unter dem Vorwand, Geschenke zu verpacken) in mein Arbeitszimmer zurück und aktivierte das *Testgram*. HPDVs Erscheinung war wie gewünscht. Das *Test-* bzw. *Personalgram* sah dem Onkel zum Verwechseln ähnlich. Haltung, Gestik und Mimik usw. stimmten, soweit ich mich erinnern konnte, mit denen des »Originals« überein. Ich führte in der Folge ein etwa fünfminütiges Gespräch mit HPDV, fragte ihn einige simple und weniger simple Dinge, bekam die gewohnt freundlichen und ausführlichen Antworten des Onkels zu hören, bat ihn, im Zimmer auf und ab zu gehen, sich zu drehen etc. und wurde von Seiten HPDVs sogar scherzhaft selbst dazu aufgefordert. Alles in allem war ich sehr zufrieden mit dem *Test-* bzw. *Personalgram* (als ich während des Tests einmal kurz schwieg, weil ich nicht wusste, was ich den Onkel weiter fragen solle [die üblichen Themen waren trotz seiner dreijährigen »Abwesenheit« erstaunlicherweise schnell abgehakt], überbrückte jener die kurze Stille mit einer Anekdote aus seiner Jugend, in der er sich als Wasserball-Schiedsrichter, wie er sagte, »einen Namen gemacht hatte«). Ich deaktivierte daraufhin das *Testgram* und bewertete es auf der QuickFeedback-Seite mit fünf Sternen.

Ich war mir sicher, meiner Familie mit dem *Personalgram* HPDVs am Weihnachtsabend eine große Freude machen zu können.

Wenige Stunden später, kurz vor dem traditionellen Weihnachtsessen, kündigte ich also einen Überraschungsgast an und aktivierte das *Personalgram*. Mein Onkel erschien vor den Augen meiner Familie und sorgte für einiges Aufsehen, kurze und heftige Irritation und schließlich, v. a. bei den Kindern, für große Freude. Das *Personalgram* funktionierte zu diesem Zeitpunkt noch einwandfrei. (Schlagfertige Entgegnungen auf die Fragen der Kinder; herzliche Begrüßung meiner Frau; HPDV war, wie gewünscht, ausgesprochen gut aufgelegt, gestikulierte viel und erzählte.) Schnell stellte sich die schon fast vergessene, wohlige Festtagsstimmung vergangener Jahre ein. HPDV widmete sich ausgiebig den Kindern und spielte mit ihnen bspw. noch vor dem Essen einige Runden *Fang den Hut*. Anschließend wurden Geschichten ausgetauscht, Witze erzählt, Komplimente verteilt (darunter Klassiker wie »Du hast dich aber gut gehalten, Onkel Frank« etc.) usw. Es entwickelte sich ein reges Gespräch mit dem *Personalgram*, in dessen Verlauf es Eigeninitiative, Interesse und, ja, Empathie bewies. Der erste Gang wurde aufgetragen und abgedeckt, es kam die Hauptspeise (Gans), wir unterhielten uns weiterhin durchaus angeregt über dies und jenes, über Gansrezepte, Backmischungen, Balkonpflanzen, Wasserball, Weihnachtstraditionen, -lieder und -geschichten. Doch als ich das *Personalgram* schließlich darum bat, selbst eine Weihnachtsgeschichte zu erzählen, kam es ins Stocken. Es geriet, ich kann es nicht anders beschreiben, durcheinander. Setzte an und verstummte. Es entschied sich schließlich, Dickens' *Weihnachtsgeschichte* zu erzählen (ich gehe davon aus, dass Sie die Geschichte kennen), kam aber nur bis inkl. zum Erscheinen des »Gespensts der vergangenen Weihnacht«. Wiederholte sich, setzte neu an, mischte Bruchstücke seiner eigenen Vergangenheit (der Vergangenheit Herrn Prof. Dr. Voss') unter Dickens' Story, verhaspelte sich und setzte wieder neu an, bis es schließlich in ein stetiges Murmeln verfiel. Während dieser, etwa dreiminütigen, Phase flackerte die Projektion hin und wieder unschön. Meine Frau und meine Kinder sahen mich entsetzt an. Ich sah umgehend in den NEARwana-FAQs nach und handelte wie empfohlen: Ich blieb ruhig und versuchte das *Personalgram* dazu zu bewegen, die Geschichte fortzusetzen. Dies blieb ohne Wirkung. Dann schlug ich ihm vor, über etwas anderes zu sprechen. Auch dies blieb ohne Wirkung. Schließlich aktivierte ich den Rewinder, um den ConscienceState des *Personalgrams*, wie unter Punkt 1.3 des FAQ-Katalogs empfohlen, um mehrere Minuten zurückzusetzen. Doch auch dies blieb ohne Wirkung (s. SmartReport des *Personalgrams*). Das *Personalgram* blickte zu Boden und murmelte weiter Unverständliches. Ich sah mich schließlich gezwungen, es zu deaktivieren.

Ich denke, sehr geehrte Frau Weise, Sie können sich vorstellen, wie unser Weihnachtsabend daraufhin zu Ende ging. Ich musste mich vor meiner Familie für das Versagen des *Personalgrams* und das abrupte Verschwinden des geschätzten Onkels rechtfertigen. Die Kinder waren enttäuscht, meine Frau (auch deswegen und überhaupt wegen des »gewagten Experiments«, für das ich mir »ausgerechnet« den Heiligabend hatte aussuchen müssen) außer sich. Per NeuroCall wandte ich mich daraufhin umgehend an das NEARwana-Kundencenter (s. angehängter NeuroCall-ActivityReport), doch »hing« ich dort minutenlang in der Warteschleife. Ich schickte einen InstantProblemReport mit der Bitte um schnelle Rückmeldung und war den Rest des Abends damit beschäftigt, zumindest einen Bruchteil der weihnachtlichen Stimmung wiederherzustellen, die bis zum, ich kann es nicht anders formulieren, »völligen Versagen« des *Personalgrams* geherrscht hatte. Da ich in der Folge weder von Ihren KollegInnen aus dem Kundencenter noch von jenen aus dem Bereich NEARwana Problem Solving Bescheid erhielt, wandte ich mich, wie erwähnt, am 26.12.2019 noch einmal mit einer formellen Beschwerde an das Kundencenter.

Auf diese Beschwerde hin erhielt ich am Freitag, den 27.12.2019 die angehängte Antwort Ihres Kollegen, Herrn Schubert. Hiermit bitte ich nun also noch einmal um die Aufklärung des geschilderten Problems »meines« *Personalgrams* und außerdem um die Rückerstattung des vollen Kaufpreises.

In Erwartung baldiger Nachricht,

mit freundlichen Grüßen,
Tom Voss

Tom Voss
CEO Voss & Partner Storytelling
»Your Story is our Business«

Gesendet: Montag, 30. Dezember 2019 um 14:29 Uhr
Von: »Lisa Weise« <weise@nearwana.de>
An: »Tom Voss« <voss@vossundpartner.de>
CC: »NEARwana Kundencenter« <info@nearwana.de>
Betreff: AW: AW: AW: Beschwerde, Artikelnr. 19–1306, Kundennr. 90-1302

Sehr geehrter Herr Voss,

haben Sie vielen Dank für die ausführliche Begründung Ihrer Beschwerde in Bezug auf das von Ihnen erworbene NEARwana-Produkt. Wir bedauern sehr, dass es bei der Darstellung Ihres *Personalgrams* zu den von Ihnen angeführten Problemen gekommen ist. Wir können nachvollziehen, dass eine solche Ungereimtheit gerade an Heiligabend für Irritationen sorgen kann.

Nach der ausführlichen Analyse des SmartReports und der Customizer-Creation-Stats Ihres *Personalgrams* aber müssen wir Ihnen mitteilen, dass wir Ihrer Forderung nach Rückerstattung des Kaufpreises Ihres *Personalgrams* nicht stattgeben können. Unter Punkt 1.7.2 der von Ihnen am 16.12.2019 nachweislich (Bestätigung via TouchScan) zur Kenntnis genommenen AGB zum NEARwana-*Personalgram* wird darauf hingewiesen, dass das Auswählen der Proactiv-Option das Übermitteln umfassender persönlichkeitsrelevanter Dokumente und Daten erfordert, mit Hilfe derer Wissens-, Erwartungs- und Initiativ-Horizonte des zu erstellenden *Personalgrams* festgelegt werden. Dieser Prozess dient der Skalierung der Proactiv-Fähigkeiten Ihres *Personalgrams* (Intellekt, Intuition, Erfindungsgabe, Einfallsreichtum, Kontingenzskala etc.) und ist notwendig, um dem *Personalgram* ein, auf den Daten der eigenen Vergangenheit der/des Darzustellenden fußendes, Bewusstsein für Gegenwart und Zukunft zu ermöglichen. Wie unter Punkt 1.7 der von Ihnen zur Kenntnis genommenen AGB angegeben, ist es NEARwana bislang nicht möglich gewesen, die InstantResponseAndCreation-Fähigkeit des *Personalgrams* derart zu modulieren, dass diesem das intuitive Verarbeiten und Gestalten von Gegenwart und Zukunft möglich ist. Deshalb verwenden wir derzeit die von unseren Kundinnen und Kunden übermittelte persönlichkeitsrelevante Historydata der/des Darzustellenden, um dieser/diesem das auf eigener Erfahrung und intellektueller Kapazität fußende Verarbeiten und Gestalten von Gegenwart und Zukunft zu ermöglichen. Unter dem angegebenen Punkt 1.7 wird auch deswegen ausdrücklich darauf hingewiesen, dass Sie mit dem Kauf eines NEARwana-*Personalgrams* einen serienmäßigen Prototypen erwerben, an dessen Weiterentwicklung Sie mit Ihrem Kauf teilhaben können (s. Customer-FeedbackReward: »*NEARwana is you*«).*

Da Sie sich zum Kauf eines *Personalgrams* mit Proactiv-Option entschieden haben, wurden Sie, wie Sie bereits erwähnt haben, auf der entsprechenden Creation-Site gebeten, spezifische Angaben zu der/dem Darzustellenden zu machen und v.a. ausreichend Datenmaterial zur Erstellung der Historydata zu übersenden. Wie ich der von Ihnen erstellten Customizer-Creation-Maske entnehmen konnte, übermittelten Sie statt dem empfohlenen Datenvolumen von 24 Exobytes lediglich ein Volumen von 9,4 Exobytes. Sie erhielten daraufhin den Hinweis, dass Sie das empfohlene Datenvo-

* Über den aktuellen Entwicklungsstand des NEARwana-*Personalgrams* informieren wir Sie unter *NEARtech* (Reiter: »Status quo«) und mit unserem NEARwana-Newsletter.

lumen mit dem von Ihnen übermittelten Volumen unterschreiten. Diesen Hinweis haben Sie nachweislich (Bestätigung via TouchScan) zur Kenntnis genommen, jedoch haben Sie den übermittelten Daten im Anschluss keine weiteren hinzugefügt. Aufgrund des fehlenden Datenvolumens war es uns in der Folge nicht möglich, die Proactiv-Fähigkeiten Ihres *Personalgrams* auf das für das intuitive Verarbeiten und Gestalten von Gegenwart und Zukunft nötige Intellevel zu heben. Unter Punkt 1.7.2 weisen wir ausdrücklich darauf hin, dass das Unterschreiten des empfohlenen Datenvolumens bei *Personalgrams* mit Proactiv-Option zu Problemen in Hinsicht auf die InstantResponseAndCreation-Fähigkeit des *Personalgrams* führen kann (in Ihrem Fall das missglückte Verarbeiten von Gegenwart und Zukunft des *Personalgrams* mit Hilfe eines literarischen »Rahmens«) und dass Probleme solcher Art nicht zur Rückerstattung des Kaufpreises berechtigen. Wir bitten Sie daher, bei der nächsten Bestellung eines *Personalgrams* mit Proactiv-Option das empfohlene zu übermittelnde Datenvolumen zu berücksichtigen.

Es tut uns leid, Ihnen in dieser Sache nicht entgegenkommen zu können. Gerne möchten wir Ihnen aber als kleine Entschädigung einen exklusiven Rabatt von 10% auf Ihre nächste Bestellung eines *Personalgrams* anbieten. Geben Sie hierfür einfach im Rabattfeld unserer Bestellsite den folgenden Code ein:

NEAR00101100

Wir hoffen, dass wir Ihre Fragen mit dieser Auskunft beantworten konnten und dass wir Sie bald wieder als Kunden bei NEARwana begrüßen dürfen. Bitte beachten Sie auch unseren Festtags-Frühbucher-Rabatt, den Sie problemlos mit Ihrem exklusiven Rabattcode kombinieren können.

Mit freundlichen Grüßen,
Lisa Weise

Dr. Lisa Weise
Personalgram-Kundenbetreuung
NEARwana Problem Solving

Anna Katharina Hahn

Wie ein Kaiser

Im Treppenhaus war es am Morgen des 24. Dezember noch dunkel, aber der Geruch von frisch geschnittenen Zwiebeln war schon bis in mein Dachzimmer gezogen. Hastig hatte ich Jeans und Pullover vom Vortag übergestreift, die Sachen stanken nach Raucherabteil. In der violetten Nylontasche vor meinem Bett stapelten sich unter einer dünnen Schicht Kleidung Bücher aus der Hamburger Staats- und Universitätsbibliothek; über die Feiertage war eine Hausarbeit zu schreiben.

Ich hastete hinunter in den ersten Stock, der Schlüssel steckte außen, wie immer.

Sie hatte bereits begonnen, ganz gegen unsere gestrige Abmachung. Im gelben Licht der Deckenlampe – nichts konnte karger sein als die in einen gemauerten Sockel geschraubte Kugel – saß sie am Küchentisch und würfelte Zwiebeln. Sie trug noch ihren Morgenrock, der hellblaue Frotteestoff war an Ärmelaufschlägen und Revers voller Kaffeeflecken, die Füße steckten in lammfellgefütterten Filzschuhen. Plattgedrückt lag das weiße Haar unter dem Netz, festgehalten von einem Dutzend metallener Spangen. Die Brille, die Gläser wie immer verschmiert, war auf dem schmalen Nasenrücken nach vorne gerutscht. Unter dem schwarzen Emailletopf rauschte die Gasflamme, das kochende Wasser braun schäumend von der Kartoffelerde, die wild darin herumbollerten. Ganz oben tanzten drei Eier und ein paar große Mohrrüben. Der Topf faßte acht Liter.

»Du hattest mir versprochen, daß wir zusammen anfangen.« Auf der Spüle stand der angeschlagene Becher mit dem orangebraunen Blumendekor und einer Kaffeepfütze auf dem Grund, daneben ein Teller voller verbrannter Krümel und Fettränder vom Kochschinken. Meine Großmutter pflegte »wie ein Kaiser« zu frühstücken. In blaugrundiger Bratpfanne buk sie sich jeden Morgen zwei steinhart gefrorene Semmeln aus dem Tiefkühlfach auf. Die Unterseiten schwärzten sich regelmäßig ein, Kohledunst hing in der morgenkalten Küche, vermischte sich mit dem Kartoffeldampf und dem stechenden Saft der Zwiebeln. Mir war flau im Magen, ich hatte noch nichts gegessen und dazu am Vorabend mit meinen Eltern und meinem Bruder in der oberen Wohnung zuviel Weihnachtsbier getrunken, Stuttgarter Hofbräu. Jetzt durfte ich Äpfel schälen und schneiden, drei Boskop mit braungrüner Lederschale. »Gestiftelt, nicht so grob!« Der Horngriff des Messers klebte, auf dem Holzbrettchen waren braungrüne Spuren von Wochen zuvor geschnittenen Kräutern und Gemüsen. Ich drehte das heiße Wasser auf, um mir die Hände zu waschen, es blieb eisig. Mit dem Messerrücken fegte die Großmutter die letzten Zwiebelwürfel in eine Glasschüssel. Ein paar fielen auf das stumpfe Linoleum. Sie stemmte die Hände auf die Sitzfläche des Küchenhockers, von dem die blaue Farbe abblätterte, und drückte sich hoch, erstarrte einen Augenblick im Schmerz und machte, nach vorne gekrümmt, ein paar Schritte zum Kühlschrank. Der Geruch, der aus der geöffneten Tür strömte, ließ mich schlucken. Die weißgrauen Kabeljaufilets stapelten sich auf einer Kuchenplatte, zwei Kilo Fisch, den meine Mutter Wochen vorher bei einem Obertürkheimer Händler vorbestellen mußte. Während der Adventszeit wurde sie mehrmals täglich verhört, ob sie diesen Auftrag auch wirklich ausgeführt hatte.

Sie angelte am Fisch vorbei nach einer Metzgertüte. Fleischwurst, sie darf im böhmischen Kartoffelsalat neben sauren Gurken und Mayonnaise nicht fehlen. Die Großmutter schnaufte, an der Nase hing ein Tropfen. Im Eßzimmer schlug die Uhr halb sieben.

Ich suchte in der Küchenschublade nach einer Gabel, der ehemals weiße Besteckeinsatz war gelblich verfärbt und voller Krümel. Ich wählte die Gabel mit dem geschweiften Griff. Davon gab es nur diese eine, die »Herrengabel«, die mittags für den Großvater gedeckt wurde. Sie nahm sie mir aus der Hand und beugte sich über den Herd, pikte in die Kartoffeln. »Noch fünf Minuten.« Dann schickte sie mich ins Eßzimmer: »Die große Porzellanschüssel!«

Ich sah vorbei an Tellerstapeln, Kompottschälchen, staubigen Mokkatassen, dem Glas Konfitüre, das eine Dame aus der Gemeinde im letzten Advent vorbeigebracht hatte (»Die hat mich über eine Stunde aufgehalten, wollte gar nicht mehr gehen. Ich weiß nicht, was die Leute zu tun haben!«), meinen eigenen Bonbonnieren aus Hamburg, der großen Dose Julius-Meinl-Kaffee vom Bruder, alles ungeöffnet. So stapelten sich im Wäscheschrank die Geschenke meiner Mutter, der Tochter, liebevoll ausgesuchte Nachthemden und Wäsche.

In ihrem Gesicht stand schlecht verhehlter Triumph, der schwarze Topf war über der Spüle ausgegossen, Kartoffeln und Eier lagen im Durchschlag, die Möhren waren durchgebrochen.

Wir pellten schweigend die Kartoffeln, schnitten sie in Scheiben und salzten jede Lage. Gurken, Möhren, Eier, Fleischwurst, Zwiebeln, Äpfel, Petersilie wurden mit Mayonnaise vermischt. Die bunt gewürfelte Masse vermischte sich mit den Kartoffeln. Ich durfte nichts mehr tun, sie fuhrwerkte mit dem Salatbesteck, das Schmatzen der zerkratzten roten Plastiklöffel, die die fettschweren Kartoffelscheiben umwendeten, das leise Stöhnen der Großmutter, die sich an der Tischkante festhielt.

Das Haus der Kindheit am Fuß eines Weinbergs, durch

eine stark befahrene Straße mit der Daimler-Niederlassung Untertürkheim verbunden, ist längst von Fremden bezogen. Vielleicht zeigt sich ihnen mein Geist der vergangenen Weihnacht, jene böhmische Großmutter, die mit zwei Pfannen hantierend, schwer atmend am Herd steht und Kabeljau abbäckt, die jeden, der ihr helfen will, wütend ins Eßzimmer zurückkläfft und bei aufgerissenen Fensterflügeln weiter im Dunst steht, während Panade im heißen Palmin verkohlt, Kälte und Schwärze der Heiligen Nacht in die heiße Küche hineindrücken, wo sie steht, schnaufend, vor sich hinschimpfend in ihrer blauen Schürze, vollständig allein.

Horch, was kommt von draußen rein

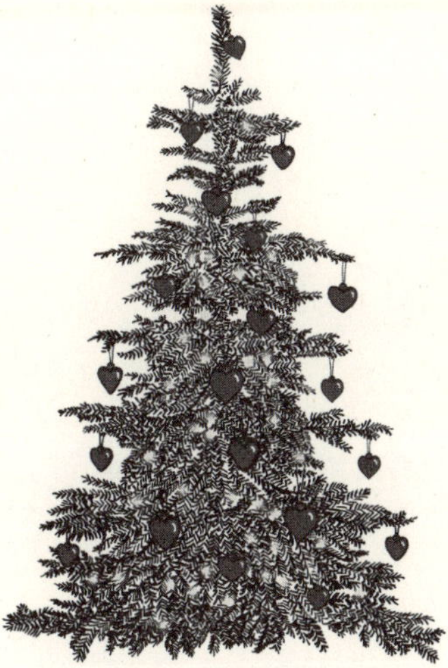

Jenni Zylka

Hikikomori

Vera ist 52 Jahre alt. Am 26. Dezember 2014 hat sie das letzte Mal das Haus verlassen. Das war am Morgen nach ihrer nur sehr mäßig ausufernden Weihnachtsparty jenes Jahres, Vera wollte das Leergut (sechs Halbliter-Bier-Pfandflaschen, allesamt gepflegt gebechert von ihrem Kumpel Robs, und zwei pfandfreie Flaschen Spätburgunder, zu schnell ausgetrunken von Vera und ihrer Freundin Corinna) zum Glascontainer und der Leergutannahmestelle des Supermarkts bringen. Doch nach fünf Metern auf der schneevermatschten Schönhauser bekam sie Herzrasen und einen Schweißausbruch. Vera stellte die Tüte mit den klirrenden Flaschen neben einen Mülleimer, sah aus den Augenwinkeln noch, wie ein zu dünn angezogener Flaschensammler sich näherte, und lief in die Nummer 187 zurück, zweiter Hinterhof, zweiter Stock. Ihr Herz hörte sofort auf, so stark zu pochen, als sie die Wohnungstür wieder hinter sich zugezogen hatte.

Seitdem geht Vera nicht mehr aus dem Haus. Das ist nicht so schwer: Vera arbeitet schon lange im »Home Office« – früher war sie Fotografin, hatte sich aber mit dem großen Tageszeitungssterben auf Bildbearbeitung am Computer spezialisiert. Der Rechner blinkt Tag und Nacht in einer Ecke ihres Wohnzimmers, die Aufträge kommen ausschließlich per Mail. Sie verdient nicht schlecht, denn die Zwei-Zimmer-Wohnung ist billig (alter Mietvertrag) – und wer nicht rausgeht, gibt nichts aus.

Bereits vor der Erfahrung mit dem missglückten Flaschencontainerausflug hatte sie viele Dinge des täglichen Lebens bestellt und nach Hause liefern lassen, weil sie größere Menschenmengen anstrengend fand oder sich zu schwach fühlte, um schwere Taschen zu tragen. Nach Weihnachten 2014 brauchte sie, wie es sich selbst erklärte, eine längere Pause vom Draußen. Vera, die seit elf Jahren Single ist, keine Kinder und nie mit jemandem zusammengewohnt hat, ist davon überzeugt, dass der Rückzug ihr guttut. Sie weiß, was Hikikomori bedeutet, aber sieht sich weit davon entfernt. Schließlich hat sie echte Kontakte zur Außenwelt, nur eben räumlich begrenzt.

Um ihren Lebensstil aufrechtzuerhalten, hat sie eine Armada von Helfern um sich geschart: Jeden Montagvormittag bringt Haluk die online bestellte Gemüsekiste mit dem regionalen Saisongrünzeug und die laktosefreien Käse und Joghurts, und nimmt die leeren Joghurtgläser wieder mit. Montagabends und Donnerstag früh klopft Antek, der dreizehnjährige Sohn des Hausmeisters, um den Müll runterzubringen, der innerhalb einer Woche anfällt, er bekommt dafür fünf Euro; wenn Vera ihm besonders viele leere Spätburgunderflaschen mitgibt, steckt sie ihm vor Scham zwei Euro mehr in die pubertätsbedingt meist etwas feuchte Hand. Einmal im Monat kommt Frau Henn, die Fußpflegerin, die sich absichtlich nicht darüber wundert, dass Vera sie zu sich nach Hause bestellt – Frau Henn kassiert einen Hausbesuchszuschlag. Corinna, ihre älteste Freundin, besucht Vera ebenfalls einmal im Monat zum Scrabbeln und Weintrinken, sie hat sich längst damit abgefunden, dass Vera nicht mehr ausgeht, es macht ihr, wenn sie ehrlich ist, nicht viel aus – Corinna hat zwei schulpflichtige Töchter, die viel Zeit in Anspruch nehmen, arbeitet in einem Musikverlag, und geht auch selbst nur noch selten in Bars –, sie behauptet, es mache ihr keinen Spaß mehr. (Eigentlich ist sie nur enttäuscht, weil das Aufreißen früher lustiger und öfter von Erfolg gekrönt war.)

Robs, der im Vertrieb der Tageszeitung arbeitet, für die Vera früher hauptsächlich fotografierte, kommt jeden Sonntagabend zum Tatort-Gucken zu Vera, trinkt dabei fünf Halbe, und nimmt die leeren Flaschen wieder mit. Er ist psychologisch viel zu desinteressiert und später zu angeschickert, um sich darüber zu wundern, dass Vera sich zurückgezogen hat. Im Gegenteil – auf ihn macht Vera einen stabilen Eindruck: Sie verhält sich ihm gegenüber schließlich immer gleich. (Im Gegensatz zu seiner anstrengenden Freundin, die eine leichte Essstörung pflegt, und permanent das Gefühl hat, die besten Jahre ihres Lebens vergeudet zu haben.)

Insofern wundert sich wirklich niemand besonders darüber, dass Vera nicht mehr auf die Straße geht. Alle profitieren auf die eine oder andere Art davon. Und da sie immer schon ihre vornehme Blässe pflegte, die gut zu ihren roten, ganz langsam grau werdenden Haaren passt, weist auch ihr Teint nicht auf mangelnde frische Luft hin.

Der Einzige, der manchmal fragt, ob sie »nicht ooch ma bisschen in die Sonne kieken will?«, ist der Paketbote, den Vera »die Ratte« nennt. Die Ratte ist Anfang 50, nur wenig größer als Vera, hat ein schmales Gesicht mit leicht vorstehenden Vorderzähnen und eine Stimme wie Martin Semmelrogge. Er erzählt gern Geschichten von seinem Hund, Beule, den er für einen Snob hält: Dass Beule sein Futter nur von wirklich sauberen Hundetellern frisst (»Neulich wollte ich ihm fast schon 'n weißet Handtuch drunterlegen!«). Dass Beule bei Regen nur im Regenmäntelchen rausgeht (»Der steht drauf, sich wat Schicket anzuziehen!«). Oder wie Beule sich in einen japanischen Computerhund verguckt hat, der als IFA-Werbung vor einem Kaufhaus stand (»Dit muss jenau sein Typ jewesen sein! Stinkt ooch nicht so wie'n echter Köter!«).

Im letzten Jahr gab Vera dem Paketboten kurz vor Weihnachten ein Geschenk mit, eingeschlagen in dünnes, knitteriges Papier, mit der Bitte, es erst zuhause zu öffnen. Der Inhalt war ein Backbuch mit dem Titel »Sitz, Platz, Plätzchen – Backen für den Hund« und Rezepten wie »Zarte Roggenkekse mit Fischfüllung« oder »Leberwurst-Mandel-Crunchies«, das Vera bei einem ihrer nächtlichen Internetausflüge gefunden hatte, und passend für einen versnobten Hund fand. Die Ratte war begeistert, und dehnte die unregelmäßigen, über das Jahr verteilten Besuche bei Vera von da an zu längeren Treppenhausgesprächen aus.

Anfang Dezember beginnt Vera an Weihnachten zu denken. Vielleicht sollte ich Gäste einladen, überlegt sie. Sie könnte Robs fragen, ob er und seine anstrengende Freundin Maybrit vielleicht am ersten Weihnachtstag vorbeikommen wollen – die beiden betrinken sich normalerweise über die Feiertage, und schauen Actionfilme aus den 90ern an, die einzige gemeinsame Leidenschaft, die sich über die ermüdenden Jahre als Pärchen gehalten hat. Maybrit würde es nicht zugeben, aber sie hat eine Schwäche für Arnold Schwarzenegger in »True Lies« oder »Terminator 2«.

Vera ruft Robs an. Ist was passiert, fragt der überrascht. Die beiden telefonieren nie, weil das Sonntagabendarrangement reibungslos und ohne weitere Absprachen funktioniert. Was macht ihr denn eigentlich am ersten Weihnachtstag, fragt Vera. Ich überlege, ob ich eine Bio-Gans in Niedrigtemperatur brate und ein paar Schwarzenegger-Filme streame … Klingt paradiesisch, sagt Robs, aber Maybrit macht gerade eine Green Smoothies-Phase durch, und hat uns über die Feiertage in einem Smoothie-Wellness-Hotel eingebucht. Ich habe schon große Angst.

Kann man da Bier reinschmuggeln, fragt Vera. Keine Ahnung, darum hab ich ja solche Angst …, antwortet Robs. Aber Silvester sind wir wieder da, sollen wir irgendwo zusammen einen trinken gehen? Mal sehen, sagt Vera, und legt auf.

Corinna muss über Weihnachten zu ihrer Mutter fahren, die neuerdings an Alzheimer erkrankt ist, und täglich mehrmals vergisst, wie sie heißt und welches Jahrhundert herrscht. Vera wird also das erste Mal ganz allein sein, ihre Eltern starben schon vor Jahren, Geschwister hat sie nicht.

Und, wat machense dieset Jahr an Weihnachten, fragt die Ratte am 15. Dezember, als er ihr das Päckchen mit der Kosmetik ohne Tierversuche bringt. Weiß noch nicht, sagt Vera, Weihnachten ist mir ziemlich egal. Ach, sagt die Ratte, ick finds immer janz schön, jute Filme, jutet Essen ... wenn ick mit Beule an Weihnachten Gassi jehe, kriegt der sich immer ja nich mehr ein, weil's so jut riecht überall! In diesem Jahr jeh' ick Heiligabend mit ihm in ein Flüchtlingsheim bei uns in Pankow und helfe da in der Küche mit.

Vera ist erstaunt. Echt, fragt sie, aber das sind doch größtenteils Moslems, die feiern doch gar nicht ... Ist doch ejal, sagt die Ratte, man kann denen doch trotzdem Weihnachten 'ne Freude machen und was Jutet kochen. Die müssen ja nicht gleich zum Christentum konvertieren! Ick selbst glaub den Scheiß ja ooch nich, Jungfrauenjeburt und so. Vera nickt. Und die Kinder, fährt die Ratte fort, die fahren total auf Beule ab. Ick hab die Leute vom Heim kennengelernt, weil ich da immer vorbeijehe. Die streicheln den, die spielen mit dem ...

Und Beule macht das mit, fragt Vera.

Ja, obwohl er sonst immer so etepetete ist, sagt die Ratte, mit Kindern kommt er jut klar. Typisch Cocker eben.

Cocker, genau, typisch, murmelt Vera.

Kommense doch mit, dann backen wir denen was aus Beules Kochbuch, zwinkert die Ratte.

Geht nicht, sagt Vera, ich hab schon was vor.

Vier Tage später bringt die Ratte Vera ein Paket, auf dem als Absender »Christmas Fun« steht. Na, bisschen Weihnachtsdeko bestellt, oder, fragt er, als er es Vera in die Hand drückt. Nein, sagt Vera, aber warten Sie mal einen Moment. Sie geht mit dem Paket in die Küche, öffnet es, und nimmt die Rechnung heraus. Dann bringt sie es zurück zur Ratte. Hier, das schenke ich Ihnen und Beule, sagt sie. Aber erst zuhause aufmachen. Fröhliche Weihnachten!

Heiligabend ist Vera sehr allein. Sie macht »Drei Haselnüsse für Aschenbrödel« nach einer halben Stunde aus, weil sie zu sehr an ihre Kindheit denken muss. Sie beginnt um 18 Uhr eine Flasche Spätburgunder zu trinken und öffnet um 20 Uhr eine zweite. Sie streamt »Terminator 2« (den findet sie sogar besser als den ersten), muss aber weinen, als Edward Furlong mit seinen langen Wimpern traurig seine Mutter anguckt, die verrückt geworden ist.

Gegen 1 Uhr schläft sie ein, ohne die Zähne geputzt zu haben, und wacht um 11 Uhr am ersten Weihnachtstag mit einem sauren Geschmack im Mund wieder auf. Ein paar Stunden später klemmt sie in ihren Bademantel gehüllt vor dem Computer im Wohnzimmer, als es an der Tür klingelt. Vera erschrickt. Sie überlegt, nicht aufzumachen, doch es klingelt erneut. Wer ist da, fragt sie über die Sprechanlage. Paketdienst, hört sie die bekannte Stimme.

Vera drückt auf den Summer. Als sie die Wohnungstür öffnet, steht die Ratte vor ihr, das erste Mal ohne seine gelbe Lieferservice-Kluft, stattdessen in schwarzer Hose und Jacke. Schwarz steht ihm gut, denkt Vera.

Die Ratte hält rote Tupperware, ein in Geschenkpapier eingewickeltes Paket und eine Flasche Spätburgunder in der Hand. Ick wollte Ihnen ooch mal wat Jutet tun, sagt er etwas verlegen, und hält ihr die Flasche, das Paket und die Box hin. Überrumpelt nimmt ihm Vera alles ab. Was ist das denn, fragt sie. Darf ick reinkommen, fragt die Ratte, und weil Vera nickt, geht er an ihr vorbei in den Flur. Vera bekommt kurz einen Panikanflug, wird dann aber schnell wieder ruhig. Ick wollte Ihnen nämlich ein paar Fotos zeigen, von Beule – dit war ein Knaller, dit Jeschenk, sagt die Ratte. Vera merkt, dass sie ebenfalls verlegen ist.

Sie geht voraus ins Wohnzimmer, und guckt dabei in die Tupperbox. Es riecht gut.

Den Nudelsalat hamse stehen jelassen, sagt die Ratte, ick hatte nicht dran jedacht, dass keen Schweinefleisch dran sein darf ... ist aber sehr lecker!

Vera nickt und stellt den Salat auf den Wohnzimmertisch.

Ich hab eh noch gar nichts gegessen, sagt sie.

Das Buch heißt »Hikikomori«, sagt die Ratte, is' janz jut, ick musste an Sie denken ...

Aha, sagt Vera. Kann ich ja mal lesen.

Und hier sind die Fotos, sagt die Ratte.

Er zeigt ihr auf seinem Handy Bilder, auf denen ein kleiner, etwas traurig schauender rotbrauner Cockerspaniel in einem rotweißen Weihnachtsmannkostüm mit vier Löchern für die Pfoten zu sehen ist, umringt von grinsenden Kindern. Ick musste so lachen, sagt er, dieset Kostüm! Passt Beule wie anjejossen! Die Kinder waren begeistert! Die denken jetze, der Weihnachtsmann ist 'n Hund!

Vera muss lächeln.

Sollen wir den Wein uffmachen, fragt die Ratte. Oder wat hamse noch vor heute? Will mich ja auch nicht aufdrängen ...

Ähm, sagt Vera, ähm, nö, wir können den ruhig aufmachen. Ich wollte ein bisschen Filme gucken ...

Ich kann ja mitgucken, sagt die Ratte, wäre das okay? Beule ist bei meiner Ex, da bring ich ihn immer am ersten Weihnachtstag hin.

Ist okay, sagt Vera. Wie heißen Sie eigentlich?

Marc, sagt Marc. Kannst du sagen.

Okay, sagt Vera.

Urs Mannhart

Der Schnee ist weiß, aber du bist dunkel

Mohammad Chelil Abhadri und Fahrid Shkouda, zwei nach langjährigen Verfahren abgewiesene Asylbewerber aus dem staubigen Norden Afrikas, die mehr als ein halbes Jahr schon am Rand der Westschweizer Gemeinde Moutier in einem chronisch überbelegten, alle paar Jahre von einem Brandanschlag in Mitleidenschaft gezogenen Asylheim mehr vegetiert als gelebt hatten, entschlossen sich an einem eiskalten Dezemberabend nach langer Diskussion, gemeinsam vor der bevorstehenden Ausschaffung zu flüchten. In Algier, wo das Bundesamt für Migration sie beide hinfliegen wollte, bestünde ihre einzige Chance in einer neuerlichen Flucht nach Europa, und die auf einer derartigen Unternehmung drohenden Gefahren waren ungleich bedrohlicher als alles, was sie sich als Folge des Untertauchens vorstellen konnten.

Als die beiden Securitas-Wächter das Gelände am Stadtrand Moutiers vorschriftswidrig verließen, um sich im Zentrum eine Pizza und zwei Dosen *Red Bull* zu holen, gelangten Abhadri und Shkouda, ohne sich von ihren Landsmännern zu verabschieden, durch die enge Waschküche und die dortige Brandschutztüre nach draußen und machten sich auf den Weg. Der 6. Dezember war es, Shkouda trug eine verwaschene Sporttasche auf der Schulter, Abhadri eine kleine Hüfttasche; umweht von einem eisig kalten Wind marschierten sie durch den Schnee und steil bergan auf jenen finsteren Tannenwald zu, hinter dem sie Frankreich vermuteten.

Ihr Atem ging laut, mächtige Dampfschwaden entstiegen ihren Mündern, Shkouda, der seit Wochen schon an einer Erkältung herumarbeitete, hustete schwer. Weit unter ihnen rollte mit singenden Bremsen ein Schnellzug in den Bahnhof ein, über ihnen funkelten stromsparend die Schweizer Sterne.

Der Anstieg zum Waldrand war steil, der Schnee, matschig noch vor zwei Tagen, war hart wie Holz. Abhadri, der kleine Tunesier, spazierte auf dessen Oberfläche wie auf einem sorgfältig asphaltierten Fußweg, der große, schwere Shkouda brach mit jedem Tritt durch die eiserne Oberfläche und sank teils bis zu den Knien ein.

»Du musst dich besser integrieren!«, forderte Abhadri, als er auf halber Höhe eine Pause einlegte, damit Shkouda den Rückstand wettmachen konnte. Es zählte zu Abhadris besonderen Fähigkeiten, auch in misslichen Situationen zu scherzen.

»Der Schnee ist weiß, aber du bist dunkel«, stellte Abhadri lakonisch fest.

Shkoudas Haut war tatsächlich dunkler als in seiner Heimat üblich: Sein Vater stammte aus Peru, war einst als Matrose mit einer Ladung vergammelter Bananen in Tanger gestrandet, hatte sich Hals über Kopf in eine Zigarettenschmugglerin verliebt, hatte in Spanien im Getränkehandel geschuftet, kam dann aber ... es ist eine lange Geschichte.

»Heute ist ein schlechter Tag, um zu flüchten«, sagte Shkouda, blickte hinunter auf die gelben Lichter der dörflich kleinen Stadt Moutier, aus welcher der Schnellzug sich surrend entfernte. Er schüttelte den Kopf.

»Wieso denn nicht?«, fragte Abhadri. »Es ist Allah, der uns den Weg zeigt.« Mit seinen flinken Händen klaubte er den kleinen, aufwändig eingefassten Koran aus seiner Hüfttasche, hielt das Buch in beiden Händen und blickte andächtig gen Osten, wo ebenfalls ein bewaldeter Berg in die Nacht ragte.

»Mir zeigt der Prophet vor allem, wie sinnlos unsere Aktion ist. Schau dir unsere Spuren an! Deutlicher geht es nicht.«

Abhadri blickte nachdenklich auf die kaum erkennbare, dem Schnee nur als feine Schraffur eingeprägte Spur seines eigenen Weges, dann auf die großen, tiefen Trittlöcher, die Shkoudas Weg zeichneten.

»Sie werden uns finden, ehe wir uns zwei Mal umgedreht haben«, fügte Shkouda an und schien bereit umzukehren.

Abhadri drehte sich rasch zwei Mal um und sagte: »Niemand sieht uns! Bald sind wir im Wald.«

Shkouda hielt noch einen Moment inne, dann stapfte auch er weiter, leise fluchend.

Einst hatten sie vereinbart, auf ihrer Flucht Mohammad Ahmedi zu besuchen, einen engen Verwandten Abhadris. Dem war es vor einiger Zeit gelungen, eine Schweizerin zu heiraten, der Form halber, eine politisch aktive, oft an Demonstrationen teilnehmende Soziologiestudentin aus Genf, die sich für die Organisation *Augen auf!* engagierte und schon zwei zu Unrecht Gefangene frei bekommen hatte. Aber vorige Woche war die Polizei in deren Wohngemeinschaft aufgekreuzt, hatte nach ihrem Ehemann gefragt, sie richtiggehend verhört. Gewiss würden Polizei und Behörden auch Ahmedi im Auge behalten – kein guter Zeitpunkt für einen Besuch.

Deswegen waren sie nun ohne Adresse unterwegs, ohne klares Ziel, aber nichts war wichtiger, als hoffen zu können, niemals an einen Flugzeugsitz gefesselt zu werden.

Dass die beiden einander lange anschwiegen, hatte vor allem mit Abhadris Vorsprung zu tun, der sich von Schritt zu Schritt vergrößerte. Abgesehen vom Schnee, der unter Shkoudas Gewicht krachend einbrach, war allein die röchelnde Lunge Shkoudas zu hören.

»Weißt du eigentlich, wohin wir gehen?«, fragte Shkouda in einer nächsten Pause.

»Nach Frankreich, natürlich!«, sagte Abhadri so erfreut, als wären sie in wenigen Minuten schon hinter der Grenze.

»Dort liebt man die Migranten aber genauso wenig wie in der Schweiz.«

»Aber man spricht Französisch, und der Präsident ist Sozialist.«

Shkouda hievte seine Tasche auf die andere Schulter, versuchte abermals, beim nächsten Schritt seinen Schuh so aufzusetzen, dass die harte Schneekruste nicht einbrechen würde, vergeblich.

So marschierten die beiden weiter, im Schnee und bergan, unter den friedlich leuchtenden Sternen. Der von den beiden Securitas-Mitarbeitern verspeisten Pizza gelang es nicht, so zu tun, als wäre der Teig nicht vor Wochen schon in einer rumänischen Fabrik vorproduziert worden. Da sich die beiden noch jungen Mitarbeiter aber angeregt über Gewicht, Design und Preis handelsunüblicher Autofelgen unterhielten, fand dieser Umstand zum Glück nur wenig Beachtung.

»Woher weißt du eigentlich, dass es hier nach Frankreich geht?«, wollte Shkouda wissen.

»Allah weist uns den Weg«, sagte Abhadri. »Um den Rest kümmert sich die NATO.«

Das war typisch für Abhadri: Egal, über wen oder was man auch mit ihm diskutierte, er hatte es noch immer geschafft, alles zurückzuführen auf die Geschicke dieser militärischen Allianz. Mit der Meinung, dass dieses Bündnis wirtschaftlich besser funktioniere als der gesamte Rest Europas, hatte er wahrscheinlich sogar recht. Dennoch enervierte sich Shkouda über die Gewohnheit Abhadris, so zu tun, als entscheide die NATO selbst über das Wetter.

Mit einem Blick zurück nach Moutier, zurück auf den nun winzig erscheinenden Parkplatz vor dem Asylheim, auf dem spielzeugklein das Auto der Securitas-Männer zu erkennen war, tauchten Abhadri und Shkouda hinein in die Dunkelheit des Waldes. Als sie den Grat des Hügelzuges erreichten, fanden sie nicht wie erhofft endlich einen Wanderweg, dem sie hätten folgen können, sondern einen mit einem dicken Esel dicht an einem in unabsehbare Schwärze fallenden Felsen stehenden, prächtig gekleideten Weihnachtsmann. Der weiße Saum seines roten Kleides war gut zu erkennen. So, wie der Mann am Abgrund stand, sah es aus, als sei er entschlossen, sich in die Tiefe zu stürzen.

Flüsternd schlug Shkouda vor, sich unbemerkt zu entfernen, aber Abhadri rief dem Fremden bereits etwas zu.

Shkouda senkte den Kopf, fluchte und entschuldigte sich sogleich beim Propheten.

Der Weihnachtsmann blickte um sich, rührte sich aber nicht von der Stelle. Noch immer vermutete Abhadri, der beim dicken Esel stehende, rot-weiß gekleidete Mann werde sich im nächsten Augenblick mit einem Sprung aus dem Diesseits verabschieden.

Shkouda blieb stehen, aber Abhadri eilte herbei.

Noch ehe der Fremde ein Wort der Begrüßung gesprochen hatte, fragte Abhadri, ob er den Esel verkaufen wolle.

Nun entschied sich Shkouda, Abhadri nicht länger alleine zu lassen. Wie er bei den beiden Männern und dem dicken Esel stand, stellte er fest, wie Wut und Feindseligkeit das Gesicht des Fremden erfüllten; den Strick, an dem er den Esel führte, hielt er wie eine Keule, mit der er gleich zuschlagen würde.

Weder Abhadri noch Shkouda konnten wissen, dass der das Weihnachtskostüm tragende Pharmavertreter, unterwegs an jenem Abend wie seit vielen Jahren, um die Kinder benachteiligter Familien zu besuchen, vor einer Stunde erst seine Frau und deren Liebhaber in flagranti erwischt, mit dem Sturmgewehr der Schweizer Armee erschossen und hernach beschlossen hatte, auch seinem eigenen Leben ein Ende zu bereiten.

»Ich verkaufe ihn nicht«, sagte der Fremde.

Abhadri bot ihm Zigaretten an, zögerlich streckte der Weihnachtsmann seine Hand aus.

Shkouda, der selbst nicht rauchte, aber immer ein Feuerzeug bei sich trug, war ihnen behilflich. Rauchend kamen sie ins Gespräch.

»Kennen Sie den Weg nach Frankreich?«, fragte alsbald Shkouda.

»Nach Frankreich?«, fragte der Mann im Weihnachtsmannkostüm.

Wie er feststellte, dass es den beiden Männern ernst war, derart weit zu marschieren, dachte er eine Weile nach, schmiss die zu Ende gerauchte Zigarette in den Schnee und schlug ihnen vor, sie nach Frankreich zu geleiten, ohne noch im Geringsten zu ahnen, wie er das bewerkstelligen sollte.

So gingen sie zu viert: der große, schwere Marokkaner Fahrid Shkouda, der kleine, leichte Tunesier Mohammad Chelil Abhadri, der noch arg von seinem Doppelmord verstörte, in das Gewand eines Weihnachtsmannes gehüllte Noël Blanchard und der aschgraue, schwerfällige Esel namens Fernande.

Da Blanchard den Doppelmord begangen hatte, noch ehe er im Auftrag der lokalen Sozialfürsorge die Kinder benachteiligter Eltern besucht hatte, trug er nicht nur eine uralte Bibel mit sich, sondern auch zwei Jutesäcke, die prallvoll waren mit Lebkuchen, Schokolade, Erdnüssen und Mandarinen. Davon aßen sie, ehe sie sich in einer Waldhütte schlafen legten, alle dicht beim Esel, um nicht frieren zu müssen.

Wie der Tag dämmerte, erkannten sie erstmals richtig ihre Gesichter und staunten: Der große Blanchard ähnelte dem großen Shkouda, trug jedenfalls die gleiche lange und gerade Nase, und beim Frühstück, als sie frierend an einem winzigen Feuer saßen, zeigte Shkouda dem an ihrer Geschichte interessierten Blanchard das zerknitterte Papier, das Shkouda als einen Bewohner des Asylheims von Moutier auswies.

»Nimm es als Geschenk«, sagte Shkouda, als Blanchard das Papier an ihn zurückgeben wollte. »Falls du dich einmal ausweisen musst. Ich kann den Schein ohnehin nicht mehr gebrauchen.« Shkouda lächelte und schien froh, Blanchard ein einmaliges Geschenk gemacht zu haben.

Erstaunt, dass also sogar Papierlose Papiere bei sich trugen, nahm Blanchard das Geschenk an. Zwar begriff er sofort, dass dieses ihm ermöglichen könnte, eine neue Identität anzunehmen, aber er hatte ebenfalls begriffen, dass ihn der Mord an seiner Frau so oder so verfolgen würde, und sollte es ihm gelingen, diese beiden verzweifelten Flüchtlinge heil aus der Schweiz hinauszuführen, würde er sich entweder umbringen oder der Polizei stellen, das war ihm klar.

Auf gut signalisierten, oft aber mit auch für Blanchard fremd klingenden Ortschaften ausgeschilderten Wanderwegen marschierten die drei Männer mit der dicken Eselin dahin.

Als die Landschaft sich nach zahlreichen teils steil aufragenden Erhebungen glättete und nach einem ewig langen Marsch durch lichten, immer wieder von hellen Kalkfelsen gesäumten Wald eine Siedlung erkennen ließ, waren nicht nur Abhadri und Shkouda, sondern auch Blanchard sicher, in Frankreich angekommen zu sein.

Auf dem Ortsschild am Dorfeingang stand *Froidefontaine*; Blanchard kannte diesen Namen nicht, das Schild sah aber sehr französisch aus. Tatsächlich befand sich dieses von Gott nicht weniger als von den französischen Behörden verlassene Kaff im Dreieck zwischen den französischen Kleinstädten Belfort, Montbéliard und dem elsässischen Altkirch, mitten in einem Landstrich also, für den sich in den letzten Jahren weder Frankreich noch Deutschland je richtig verantwortlich gefühlt hatten.

Vor einem weihnächtlich dekorierten Tea-Room banden die drei den Esel an einen Pfosten und setzten sich erschöpft und unterkühlt an einen der unsinnig eng stehenden Tische. Blanchard, noch immer gehüllt in seinen inzwischen dreckigen Weihnachtsmannmantel, bestellte drei Tassen Kaffee, heiße Milch, ein halbes Dutzend Brioche und nahm sich vor, den beiden Nordafrikanern bald zu sagen, dass er sie nun ihrem Schicksal überlassen werde.

Als eine Polizistin und ein Polizist uniformiert und gut sichtbar bewaffnet das Lokal betraten, nahmen die von der Kälte stark geröteten Wangen Shkoudas und Abhadris eine leichenähnliche Blässe an. In Noël Blanchard aber löste sich eine große Anspannung: Endlich hatte man ihn entdeckt, endlich würde er gefasst und einer gerechten Strafe zugeführt werden.

Die beiden Uniformierten grüßten in vertrauter Weise die Kellnerin, schmunzelten kurz, da sie nicht erwartet hatten, den Weihnachtsmann im Café anzutreffen, dann setzten sie sich an den benachbarten Tisch und blätterten in der Zeitung; fern jeder Ahnung, wer da neben ihnen saß.

Blanchard erwog, die beiden Polizisten anzusprechen. Er wollte aufstehen und ihnen sagen, dass er in der Schweiz seine Frau und deren Liebhaber erschossen habe, dass er fünf Mal abgedrückt, dass er diese Schüsse noch immer im Ohr habe, dass er sich seit diesen Schüssen auf kein Gespräch, kein Geräusch mehr konzentrieren könne, dass er seither immer, wenn er einen kleinen Knall vernehme, einen Schuss erwarte, dass er erwarte, von der sich rächenden Frau oder vom vielleicht trotz der vier Kopfschüsse noch immer lebenden Liebhaber oder schlicht von der göttlichen Gerechtigkeit, die es ja vielleicht doch gab, obwohl er nichts dergleichen je geglaubt hatte, die es vielleicht gerade deswegen gab, also dass er erwartete, schlicht von der göttlichen Gerechtigkeit auf offener Straße niedergeschossen zu werden, und er erwog, ihnen zu sagen, dass er froh sei, endlich verhaftet zu werden, froh, endlich ab- und einer gerechten Strafe zugeführt zu werden, denn er werde ohne harte Strafe nicht leben können, keinen weiteren Tag, werde ohne harte Strafe nicht fähig sein, einen Strich zu ziehen unter die Sache, aber je deutlicher er dieses Geständnis imaginierte, desto gemütlicher hockten die Polizisten in ihren Stühlen, desto müßiger löffelten sie in ihrem Kaffee, desto gelangweilter blätterten sie in diesen Zeitungen, in denen von seinem Doppelmord wahrscheinlich nichts zu lesen war, bloß weil sich der Mensch nur selten für das interessierte, was hinter den Hügeln vor sich ging.

Blanchard war derart in seinen Gedanken versunken, dass ihm noch nicht aufgefallen war, wie stumm ihm die beiden sonst immer wieder ihren arabischen Singsang austauschenden Nordafrikaner gegenübersaßen. Als sich die Polizistin aber vom Tisch erhob, streifte sie mit dem Griff ihrer Pistole den Henkel der von Abhadri seit ihrer Gegenwart unberührten Kaffeetasse. Kaffee besudelte die bügelfaltige Hose der Polizistin, und mit einem Knall, den Blanchard für sein verdientes Ende hielt, zersplitterte vor den Füßen der Uniformierten die Tasse.

Abhadri schreckte auf, griff sofort mit beiden Händen ans fremde Hosenbein, als wäre damit die Besudelung rückgängig zu machen, und als er gewahr wurde, an wem er sich vergriff, sprach er zu Allah dem Mächtigen und war überzeugt, dass dies das Ende bedeutete, dass man ihn zusammen mit Shkouda verhaften, nach der Schweiz verfrachten und dort in Ausschaffungshaft stecken würde.

Abhadri schickte ein Stoßgebet zum Himmel, warf sich

vor der Politesse auf die Knie, schloss die Augen und hielt die Handgelenke zusammen, auf dass man ihm Handschellen anlege.

Die Polizistin indes, sichtlich verärgert über ihr Missgeschick, entschuldigte sich bei ihm und den beiden anderen aufs Höflichste, bückte sich zu den Scherben und bestellte bei der herbeieilenden Kellnerin sofort auf ihre Rechnung einen neuen Kaffee. Der Polizist, der all dies sitzend beobachtet hatte, reichte ihnen, denn die fehlte auf ihrem Tisch, eine kleine Karaffe mit Milch, dann verabschiedete sich auch er.

Als die drei abends einen Landgasthof betraten, in dem zu übernachten Blanchard die beiden Nordafrikaner herzlich einlud, kontaktierte die herzhaft kochende Wirtin, nachdem sie die Zimmerschlüssel ausgehändigt hatte, misstrauisch geworden, weil sich keiner der drei hatte ausweisen können wollen, die Polizei. So kam es, dass der kleine Mohammad Chelil Abhadri zusammen mit dem den zerknitterten Ausweis Fahrid Shkoudas bei sich tragenden Noël Blanchard in ein schweizerisches Untersuchungsgefängnis gesteckt wurden, während sich Fahrid Shkouda im von der französischen Migrationsbehörde durchgeführten Verhör einen neuen Namen gab, hoffend, man werde ihm trotz der Fingerabdrücke, die er einst hatte abgeben müssen, nicht nachweisen können, dass sein Asylgesuch in der Schweiz bereits mehrfach abgelehnt worden war.

In der Untersuchungshaft erzählte Noël Blanchard wieder und wieder, dass er nicht Fahrid Shkouda, sondern Noël Blanchard heiße und dass er seine Frau und deren Liebhaber erschossen habe. Der ihn verhörende Beamte hielt ihn für einen exaltierten Schwätzer, der sich als Täter einer tatsächlich vorgefallenen und noch ungeklärten Straftat mit einem Gefängnisaufenthalt der unvermeidlichen Rückschaffung entziehen wollte, und deswegen saß, gefesselt an Händen und

Knien, angeschnallt an den Sitz und entstellt von einem übergroßen Helm, der die Sicht und die Bewegungsfreiheit des Kopfes massiv einschränkte, neben dem nicht weniger gefesselten Mohammad Chelil Abhadri auf jenem speziell für sogenannt renitente, abgewiesene Asylbewerber ausgestellten Flug nach Algier erstmals auch ein Schweizer; einer, der sich, angekommen in Algerien, mit einer Handvoll Pillen und dem Wunsch, Fahrid Shkouda und Mohammad Chelil Abhadri möchten glücklicher sein als er, das Leben nahm.

Bärbel Reetz

Nächstes Jahr bei uns

»Und nächstes Jahr bei uns«, sagten sie, hauchten Küsschen rechts, Küsschen links, winkten noch einmal, bevor sie lachend im Fahrstuhl verschwanden. Das versprachen sie jedes Jahr, wenn sie gänsebratensatt und angeheitert in die Weihnachtsnacht davonzogen, die Freunde. Und Jens fügte mit schwerer Zunge ein träges »ich geh schlafen« hinzu und verschwand. Jens, mein – ja, was war Jens? – mein, wie sich nach dem Weihnachtsfest bald herausstellen sollte, Lebensabschnittspartner. Ein grässliches Wort, obwohl es sehr genau den Sachverhalt ausdrückt: ein Partner, nicht fürs ganze Leben, sondern nur für einen Abschnitt.

Ich hatte das, als wir zusammengezogen waren, anders gesehen, wollte heiraten, aber Jens meinte, auf Konventionen verzichten zu können. »Wir sind doch so gut wie«, sagte er, ohne das Schreckenswort auszusprechen: verheiratet. Aus seinem Mund hätte es ohnehin geklungen wie verhaftet, was für einen Strafverteidiger auch ein Unwort ist. Haftverschonung, Hafterleichterung, Freispruch waren seine anwaltlichen Ziele und sein privates Credo: so gut wie. Als Haftrichterin hätte ich Einwände vorbringen, mit ihm diskutieren können, als Frau an seiner Seite wagte ich es nicht, denn Streit mied ich seit Kinderzeiten. Damals ängstigten mich das nächtliche Gebrüll und die gelegentlichen Schlägereien in der Schankstube des elterlichen Gasthofs, vor denen ich mir im Bett die Ohren zuhielt. In der Schule und auf dem Sportplatz versuchte ich Streit zu schlichten, zu vermitteln, herauszufinden, wer Recht hatte. Und so war niemand im Dorf erstaunt, als ich in die Stadt zog, um Jura zu studieren.

Zuerst in Freiburg. Nah genug beim Gasthof, um zu Ostern, Weihnachten und bei Hochzeiten in der Küche und im Service helfen zu können. Erst als ich nach Berlin gezogen war, hatten die Eltern einsehen müssen, dass jetzt Schluss war mit der Gastwirts- und Saaltochter. Und dort, auf dem Parkplatz des Landgerichts in Mitte hatte eines Tages ein Cabrio meinen Wagen blockiert. Wütend, nicht wegfahren zu können, wollte ich zum Gebäude zurücklaufen, aber da kam er mir schon entgegen, den Talar über dem Arm, munter »'tschuldigung« rufend: Jens. Der Mann mit dem unwiderstehlichen Lachen und den dunklen, krausen Haaren, die meine Mutter beim Besuch im Dorf zum Ausspruch »krause Haare, krauser Sinn« veranlasst hatte, einem dieser Sprüche, die sie Lebensweisheiten nannte. Aber seinem Charme hatte auch sie sich nicht entziehen können.

Ich streifte meine Hackenschuhe ab und trottete auf Strümpfen vom Flur ins Esszimmer, blieb am Kopfende der langen Tafel stehen, die ich nachmittags in festlichem Weiß und Silber gedeckt hatte. Dazu Leuchter mit roten Kerzen, Ilexzweige mit roten Beeren. Die Speisefolge sagte ich an, wenn ich aus der Küche kam, um aufzutragen. Aber wenn einer anmerkte: »ganz die Gastwirtstochter«, empfand ich das nicht als Lob, sondern wie eine Herabsetzung.

Ich ließ mich auf einen Stuhl fallen, bewegte die schmerzenden Zehen und betrachtete das, was vom Essen übrig geblieben war: schmutzige Teller, halbvolle Gläser, herumliegendes Besteck, Flaschen zwischen Ilexzweigen, heruntergebrannte Kerzen, achtlos hingeworfene Servietten samt bekleckertem Tischtuch, an denen die einzelnen Gänge von den Vorgerichten über den Gänsebraten bis zu Dessert und Espresso abzulesen waren. Erschöpft langte ich nach der Schnapsflasche – Kirschwasser von daheim –, trank, wischte mir die brennenden Lippen und begann, den Tisch abzuräumen. Ich löschte die letzten Kerzen und öffnete die Fenster. Sehr fern meinte ich schrilles Frauenlachen und die Stimmen der Freunde zu hören, die sich im Dunkel der Straße verloren.

Ich band eine Schürze um und mein Haar im Nacken zusammen, füllte den Mülleimer mit Gänseknochen und Speiseresten, belud den Geschirrspüler und schaltete ihn an. Routine. Eingeübt in vielen Weihnachtsnächten daheim, wenn die Mutter die geschwollenen Füße hochlegte und erleichtert seufzte, dass die Schlacht geschlagen war. Gemeinsam geschlagen. Das heutige Schlachtfeld zu räumen, war jedoch an mir hängengeblieben. In den ersten gemeinsamen Jahren hatte Jens geholfen, den Tisch abzuräumen, und dabei über unsere Gäste gelästert. Darin war er ein Meister: Menschen treffend-witzig zu karikieren, zu kritisieren. Auch seine Freunde, denn nur die wurden zum Weihnachtsessen eingeladen: die Kollegen aus der Kanzlei, seine Tennispartner und die Bootscrew vom Wannsee. Sie kamen mit »Anhang«, der bei einigen Männern von Jahr zu Jahr wechselte.

Bernd hatte dieses Mal eine aparte Rothaarige mitgebracht, sehr schlank, sehr elegant, sehr ironisch. Tolle Frau, hatte Jens gemurmelt, ihr immer wieder zugetrunken und sie – aber vielleicht bildete ich mir das auch nur ein – beim Abschied besonders intensiv umarmt. Der Gedanke daran ärgerte mich. Ich holte die Tischdecke und die Servietten aus dem Esszimmer, stopfte sie in die Waschmaschine, knallte die Tür zu. Sollte Jens davon wach geworden sein, wäre es mir recht gewesen. Los, steh auf und hilf mir! hätte ich sagen wollen, aber er lag ausgestreckt auf dem Rücken und schnarchte mit halboffenem Mund.

Am nächsten Tag packten wir die Koffer, um unsere alljährlichen Endjahres-Reisen anzutreten: Jens flog mit den Wannsee-Freunden gen Süden, um zu segeln, ich fuhr nach

Gargellen zum Skilaufen. Das hatten wir schon während unserer Single-Zeit so gemacht und beibehalten. Ich konnte nicht segeln, er nicht Skilaufen. Er kam von der Küste (Salzkartoffeln und Grünkohl zur Gans) und ich aus dem Schwarzwald (Gans mit Klößen, Rotkraut und Maronen).

Gut erholt begannen wir das neue Jahr. Mit viel Arbeit. Vermutlich war das auch der Grund, dass mir erst Mitte Februar auffiel, dass Jens oft das Zimmer verließ, wenn sein Handy klingelte, dass er häufiger abends Termine hatte, auch am Wochenende in die Kanzlei ging, um ungestört arbeiten zu können. Als ob ich ihn jemals gestört hätte! Ich wurde misstrauisch, verbot mir jedoch, ihm nachzuspionieren, und tröstete mich damit, dass er nach der Rückkehr vom Segeln leidenschaftlicher mit mir schlief als zuvor. Aber es fühlte sich anders an, so als teilte ich mit einem Unbekannten das Bett. Oder als meinte er nicht mich, sondern eine andere. Verunsichert schnupperte ich an seinen Hemden, den Jacketts, quälte mich mit der Frage nach einem fremden Duft.

Als ich ihn zu Ostern in den Jachtclub begleitete, wo die Freunde ihre Boote startklar gemacht, zu Wasser gelassen und auf den Beginn der Segelsaison angestoßen hatten, sah ich plötzlich bestätigt, was ich vermutet, aber verdrängt hatte: Jens und die Rothaarige waren ein Paar. »Hast du das nicht gewusst?«, fragten die Kollegen mitleidig. »Hast du nichts gemerkt?«, fragte meine Freundin, die Staatsanwältin, die nach ihrer Scheidung ein geschärftes Auge für Affären hatte. »Nein«, sagte ich und begann zu weinen, aus Schmerz, Enttäuschung und Selbstmitleid. Ich weinte und konnte nicht aufhören. »Stell ihn zur Rede«, riet die Freundin, in deren Haus ich die Nacht verbrachte.

Und dann ging alles ganz schnell. Jens schien erleichtert, sein Doppelleben aufgeben zu können. Ja, er liebt sie und will zu ihr ziehen, nein, er will die Wohnung nicht haben.

»Keine Formalitäten«, sagte er. »Keine«, bestätigte ich, »wir sind ja nur so gut wie«, und setzte mich ins Auto, fuhr los, ohne zu wissen, wohin.

Seine Sachen packte er, während ich im Gericht war. Plötzlich gähnte viel Platz im Schrank, den leeren Schubladen. Meine Zahnbürste steckte allein im Glas. »Bist du nicht erleichtert?«, fragte die Staatsanwältin. »Genieß deine Freiheit«, riet eine andere Freundin. Ich zuckte die Achseln und war dankbar dafür, dass mich die Kollegen bei der Prozessplanung davor schützten, Jens in einer Verhandlung gegenübersitzen zu müssen. Manchmal sah ich ihn, wenn er die Treppen im Gericht hocheilte, Akten unter und den Talar über dem Arm, oder auf dem Flur im Gespräch mit einem Mandanten. Wir grüßten mit Kopfnicken, sprachen jedoch nicht miteinander. Ich mied Restaurants, in denen wir gegessen hatten, sah ihn einmal in der Oper mit der Rothaarigen. Sie trug ein enges algengrünes Kleid, und ich versteckte erschrocken mein Gesicht hinter dem Programm. Aber die Stadt, so schien es, war groß genug, sich aus dem Weg zu gehen.

Die Monate vergingen schnell. Die Kränkung verging langsam. Ich traf meine Freundinnen, seine Freunde sah ich nicht mehr. Die Wohnung hatte ich umgeräumt, ein Schlafsofa gekauft und in mein Arbeitszimmer gestellt. Das Bett blieb leer. Doch als der November zu Ende ging und die Weihnachtsmarkt-Buden aufgebaut wurden, begannen alle von ihren Feiertagsplänen zu reden. Erster Advent. Tannengrün, Glitzern, wohin man schaute. Es roch nach Glühwein und gebrannten Mandeln, Kling Glöckchen dudelte es, White Christmas. In der Eingangshalle des Gerichts leuchtete mir der große Tannenbaum entgegen. Es war die Zeit, Plätzchen zu backen, die Gans beim Bauern abzuholen und das Weihnachtsessen zu planen. Ich versuchte, nicht an Weihnachten zu denken. Arbeitete viel. Sagte mir, dass ich froh sein sollte, den Stress mit dem Einkaufen und Kochen nicht mehr zu haben. Nicht wieder »nächstes Jahr bei uns« hören zu müssen, ein Versprechen, das keiner unserer Weihnachtsgäste je eingelöst hatte. Aber was tun zum Fest?

Mein Vater war tot, der Gasthof verkauft und meine Mutter lebte beim Bruder und seiner Familie in Freiburg. Er hatte allem entsprochen, was die Eltern erwarteten: Lehramtsstudium, Beamtenstelle am Gymnasium, Heirat mit einer Kollegin, zwei Kinder, Einfamilienhaus. Dass er den Gasthof nicht wollte, hatte meine Mutter verstanden, die Brennrechte, die zum Anwesen gehörten, hatten wir jedoch nicht aufgegeben. Und so erstellte mein Bruder nicht nur die Stundenpläne an seiner Schule, sondern brannte auch einen Obstler, der von Jahr zu Jahr besser wurde. Die kleine Holzkiste mit je einer Flasche Birnen- und Zwetschgengeist, mit Kirschwasser und einem neu entwickelten Apfelschnaps (nach Meinung des Bruders so gut wie Calvados) war bereits eingetroffen. Mein Weihnachtsdeputat aus dem väterlichen Erbe. Fröhliche Weihnachten Euch beiden, stand auf der beigelegten Karte, denn von den Veränderungen in meinem Leben wussten sie nichts. Ich verspürte keine Neigung, die Familie zu den Feiertagen zu besuchen, das Scheitern meiner Beziehung zu gestehen, mich – wie so oft – rechtfertigen zu müssen. »Warum heiratet er dich nicht?« »Aber Mama, wir sind doch so gut wie …« »Wollt ihr keine Kinder?« »Später, Mama.«

Ich rief im Hotel in Gargellen an, in dem ich, wie jedes Jahr, mein Zimmer vom 27. Dezember bis zum 5. Januar bestellt hatte, und bat, bereits am 23. anreisen zu dürfen. Aber, und das hatte ich insgeheim befürchtet, zu Weihnachten war das Haus ausgebucht. Tut uns leid. Im Januar gerne länger. Ratlos rief ich meine Freundinnen an, aber alle hatten Pläne, in die ich nicht passte. Sie hätten nicht daran gedacht, dass in diesem Jahr das berühmte Gänsebratenessen – »zu dem du uns nie eingeladen hast« – ausfällt. Daran hatte ich auch erst gedacht, als die Leuchtgirlanden über den Straßen schaukelten, Nikoläuse mit ihren Ruten drohten und die Weihnachtsfeiern mit den Kollegen begannen. Die Staatsanwältin wusste, dass Jens mit der Rothaarigen in die Karibik fliegen würde.

Ich arbeitete bis zum letzten Tag, war irgendwann allein im Gericht, bis der Hausmeister kam und erklärte, dass er Feierabend machen wolle – und: »Fröhliche Weihnachten«. Ich trank vom Obstler und schlief schlecht, hatte am Weihnachtsmorgen keine Lust, den Schlafanzug auszuziehen, bereitete mir einen Espresso, stellte das Radio an – Weihnachtsgottesdienst im Berliner Dom – und wieder aus, legte mich ins Bett und zog die Decke über den Kopf.

Als es klingelte, schreckte ich hoch. Verwirrt schaute ich in die frühe Dämmerung, glaubte geträumt zu haben. Aber da klingelte es wieder, lang anhaltend, und ich stand benommen auf, tappte auf bloßen Füßen zur Wohnungstür und sah einen Mann auf dem Display der Sprechanlage. Wieder klingelte es. Auf meine Frage antwortete der Mann, dass er vom Grandhotel komme, um die Weihnachtsgans zu liefern. Meinen überraschten Einwand, dass ich keine Gans bestellt hätte, beantwortete er mit dem Verlesen meines Namens und meiner Adresse und forderte mich auf, endlich die Tür zu öffnen. Der Summer summte, der Mann war im Fahrstuhl unterwegs und ich zog, immer noch schlaftrunken, meinen Morgenmantel an und suchte nach der Geldbörse.

»Ist bezahlt«, sagte der Mann, nachdem er den großen Kasten in die Küche getragen hatte, »Gänsebraten mit Rotkraut, Maronen und Kartoffelknödel, alles fix und fertig, zubereitet vom Chef des Hauses. Guten Appetit. Und fröhliche Weihnachten.« Sprachlos drückte ich ihm ein Trinkgeld in die Hand und brachte ihn zur Tür. Aber als ich die schließen wollte, hinderte mich ein schwarzer Männerschuh daran. Bernd, der im vergangenen Jahr die Rothaarige mitgebracht hatte, stand vor mir, in der einen Hand eine rote Amaryllis, in der anderen eine Flasche Champagner. Hinter ihm drängten die anderen mit Taschen und Einkaufstüten in den Flur: Jens' Kollegen aus der Kanzlei, sein Tennispartner und die Segelcrew. »Fröhliche Weihnachten«, sagten sie und umarmten mich. »Und nächstes Jahr bei uns.«

Es ist nur ein Datum

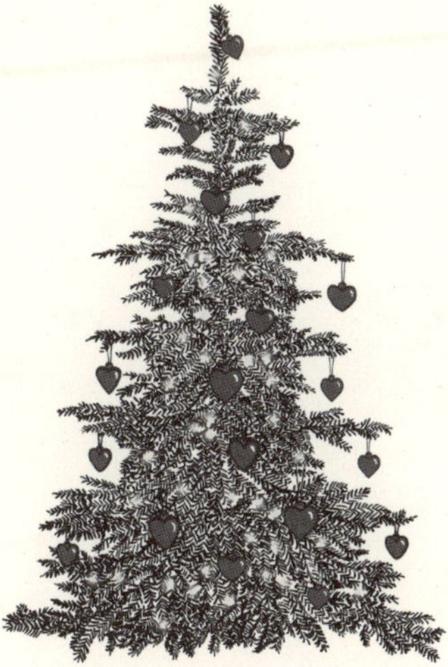

Hugo Ramnek

Der halbierte Feiertag

Es ist schon so: Die Winter sind nicht mehr das, was sie einmal waren. Wenn ich zu Weihnachten nach Hause fahre, wie ich nach 45 Jahren noch immer sage, sehe ich durch das Zugfenster braungrüne Landschaften. Schnee? Höchstens auf Berghängen.

Ich bin am 16. Juli geboren. Als Kind habe ich das gar nicht gemocht: Geburtstag in den Sommerferien. Aber es hätte schlimmer kommen können. Wie bei Mutter. Sie hat am 24. Dezember Geburtstag. Das Schlimmste, was einem passieren konnte. Die zwei schönsten Tage des Jahres auf einmal. Nicht doppelte, halbierte Freude. Deswegen wunderte es mich nicht, dass Mutter zu Weihnachten immer so schlecht aufgelegt war, richtig übellaunig. Ihren Ehrentag durften Vater und ich nicht erwähnen, gratulieren erst recht nicht.

Dass es nicht der Zusammenfall von persönlichem und allgemeinem Festtag war, der Mutter so bitter machte, erfuhr ich erst durch eine unachtsame Bemerkung Vaters am Tag ihrer Operation. Warum erinnert man sich zuerst immer ans Unwichtigste: Was spielt es für eine Rolle, dass es ein strahlender Märztag war?

Es ist bloß eine Routineoperation, hatte Vater gesagt. Das sollte mich beruhigen, aber das langkalte Wort hatte sich in meinem Kopf verkeilt und lag quer in meinen Gedanken, die sich daran stauten. So wie am Wort Gebärmutter. Da kam ich her – und das musste weg? Die wird ausgeräumt, hatte ich den Nachbarn zu seiner Frau sagen hören. Vater hatte mir alles erklärt auf seine nüchterne Art, kein Grund zur Sorge, doch war es nicht Mutter selbst mit ihrer Vorliebe für schaurige Geschichten, war es nicht sie selbst, die mir oft genug von Leuten erzählt hatte, die dem Arzt, so ihr Ausdruck, unter dem Messer weggestorben waren? War jetzt sie dran? Am Tag der Operation hatte ich nach der Schule bei den Nachbarn mittaggegessen, aber ich brachte kaum etwas hinunter. Sobald ich konnte, ging ich hinauf in unsere Wohnung. Auf die Hausaufgaben konnte ich mich nicht konzentrieren. Immer wieder sah ich einen Arzt mit blutiger Schürze vor mir, wie er sich über Mutter beugt mit dem großen Fleischermesser in der Hand und sagt: Die nehmen wir aus. Es war nicht zum Aushalten. Als Vater endlich von der Arbeit nach Hause kam, lief ich ihm weinend entgegen.

In ein paar Tagen ist sie wieder da, sagte er. Keine Angst. Im Krankenhaus ist sie sicher. Wenn ihr Bruder damals rechtzeitig ins Spital gekommen wäre, würde er jetzt vielleicht noch leben.

Hoppla, da hatte er sich verredet.

Mutter hatte einen Bruder? Ich hörte augenblicklich auf zu weinen. Einen Bruder? Davon hatte ich nie etwas gehört. Mein Vater versuchte sich herauszureden, aber ich gab nicht nach, ich löcherte ihn mit der einen Frage: Was ist mit dem Bruder?, bis Vater aufgab und sagte: Mutter will nicht, dass du etwas davon weißt! Das habe ich bei allem, was mir heilig ist, schwören müssen. Und du darfst es ihr nie, hörst du?, nie sagen, sonst ist alles aus.

Sie hat es mir selbst nur ein Mal erzählt, ein einziges Mal. Das meiste weiß ich von ihrem Vater, deinem Großvater selig.

Deine Mutter war vier und ihr Bruder zwei. Sie saßen auf einem Brett in der Waschküche, das an der Wand befestigt war. Sie saßen nebeneinander und hatten Streit. Ihre Mutter, deine Großmutter, hatte die beiden da hinaufgesetzt, damit sie ihr nicht im Weg standen, während sie die Wäsche wusch. Es war der 24. Dezember und bald Mittag, und es gab noch so viel zu tun. Damals hatte man noch keine Waschmaschinen, mein Sohn, sondern große Holzbottiche, die mit heißem Wasser gefüllt wurden. Und in einen dieser Bottiche rutschte der kleine Bruder vom Brett herunter.

Sie lebten auf einem abgelegenen Hof. Es gab kein Telefon, keinen Arzt in der Nähe. Deine Großmutter hatte den Kleinen sofort aus der heißen Lauge gezogen und schrie so laut, dass alle im Haus zusammenliefen. Ihr Mann kam gerade aus dem Wald mit der Weihnachtstanne, die er immer aus dem Grafenforst holte, nicht aus dem eigenen Wäldchen. Sie wickelten den Kleinen in Tücher und legten ihn auf einen Schlitten. Dein Großvater zog ihn zur nächsten Bahnstation, das brauchte Stunden, wartete eine weitere Stunde auf den Zug, fuhr mit dem wimmernden Bündel in die Bezirkshauptstadt und kam endlich im Krankenhaus an.

Der Junge lebte, er wimmerte, doch die Nacht überlebte er nicht.

Dein Großvater war ein strenger Mann, der selten Gefühle zeigte, aber als er mir erzählte, wie er das Bündel der Krankenschwester übergab und wie er auf einer Holzbank im Warteraum dahindämmerte und wie dann eine geistliche Schwester zu ihm kam in den Morgenstunden und ihm die Nachricht überbrachte: Der Kleine ist bei Gott. Bestimmt ist er ein Engerl, weil er am Tag der Geburt des Herrn zu ihm eingegangen ist – da schluchzte er auf, und es schüttelte ihn am ganzen Körper, er, der noch als alter Mann stets die stramme Haltung eines Soldaten einnahm. Ich habe dir ja das Foto gezeigt, wo er bei der Fronleichnamsprozession einen Zug von Veteranen aus dem Ersten Weltkrieg anführt.

Seine Frau wurde vor Gericht geladen und wegen Vernachlässigung der elterlichen Pflichten zu zwei Monaten Gefängnis verurteilt.

Als sie zurückkam, rauchte sie. Sie aß nichts, sie sprach nichts, sie arbeitete nichts, sie saß bloß da und rauchte. Und als ihr Mann ihr die Zigaretten wegnahm, rauchte sie Stroh.

An Mutters fünftem Geburtstag brachte der Vater seiner Tochter eine Geburtstagstorte aus dem nächsten Ort mit. Eine Torte aus der Konditorei, das gab's eigentlich nur bei bürgerlichen Familien; die Bauernfamilien mussten aufs Geld schauen. Aber da seine Frau die Arbeit im Haushalt eingestellt hatte, hatte er sich für seine Tochter diese Extravaganz geleistet. Es war schließlich Weihnachten. Das Fest der Wunder und der Liebe. Er klopfte an die Tür, öffnete sie langsam und schob eine Hand hinein, auf der die Buttercremetorte mit fünf Kerzen lag. Wie müssen die Augen deiner Mutter geleuchtet haben! Sie dachte sicher zuerst, es sei das Christkind. Doch in dem Augenblick schrie ihre Mutter auf, schoss aus der hinteren Ecke des Zimmers hervor, wo sie im Dunkeln gesessen war, wie meist seit dem Tod ihres Sohnes, und schlug ihrem Mann die Torte aus der Hand, vielmehr schob sie sie ihm vom Handteller, sodass sie in einem Stück auf den Boden platschte. Wie ein Kuhfladen, hat dein Großvater gesagt. Mit nur mehr vier Kerzen drin, eine hatte sich im Flug selbstständig gemacht, zwei brannten sogar noch nach der Landung. Und seine Frau fauchte ihn an: Sie verdient keine Geburtstagstorte. Sie hat ihren Bruder ins Wasser geschubst. Zu Weihnachten. Mit Absicht!

Deine Mutter erstarrte, blickte auf den Boden, blickte auf die Torte, blickte auf die zwei Kerzen, deren Flammen noch flackerten, ehe der Luftzug der zugestoßenen Tür sie auslöschte, als ihr Vater ins Zimmer stürzte. Da erst erwachte sie, da erst begriff sie, was geschehen war, da erst öffnete sie die Tür, rannte los und lief hinaus in den winterlichen Wald, stapfte durch den Schnee, bis sie nicht mehr konnte, ließ sich fallen und blieb liegen. Der Vater fand seine Tochter, sie wäre sonst erfroren, er brauchte nur ihren Spuren zu folgen in dieser hellen Winternacht.

Wieder trug er ein Kind in seinen Armen, und diesmal konnte er es retten. Er trug seine Tochter, die wiedergefundene, durch die Nacht. Er hielt sie fest und sicher und wärmte sie. Das war der schrecklichste und der schönste Tag meines Lebens, habe deine Mutter zu ihrem Vater einmal gesagt. Und ihm sei es da fast ähnlich ergangen, wäre da nicht seine Frau gewesen, die ihn zuhause, in Trübsinn versunken, erwartete. Erwartete ist gut. Nicht einmal den Tortenfladen hat sie weggeputzt, sagte dein Großvater.

So war das, seufzte Vater. Schweig darüber wie ein Grab! Er erhob sich und wollte sich aus dem Staub machen.

Aber was ist mit Großmutter passiert?

Ich habe sie nämlich nie kennengelernt.

Ich ließ nicht locker, bis Vater mir die ganze Geschichte erzählt hatte.

Über die Jahre, langsam, ist deine Großmutter vertrocknet. Sie aß und trank immer weniger, sie rauchte bloß. Ihre Haut vergilbte. Dann nahm sie überhaupt nichts mehr zu sich. Ihre Haut bekam die Farbe von Saharasand, sagte dein Großvater. Sein bester Freund hatte in der Fremdenlegion gedient und ihm eine Schüssel mit Sandrosen in Wüstenstaub geschenkt, die er immer wieder betrachtete. Dann hörte sie auch zu rauchen auf. Sie war so leicht, als sie starb, so leicht, erzählte er. Ihre Haut hatte nun die Farbe von Löschpapier.

Wie alt ist sie geworden? 85 wird ihre Tochter, meine Mutter, heute. Ihr Sohn steht vor der Tür, nicht das Christkind.

In all den Jahren habe ich mich nie getraut, ihr zum Geburtstag zu gratulieren.

Vater öffnet, dahinter Mutter im Rollstuhl. Ich sage: Frohe Weihnachten! Und zu Mutter: Alles Gute zum Geburtstag! Ohne deinen gäbe es mich nicht.

Ich kann nicht behaupten, dass sie lächelte, als sie Danke sagte.

Katja Kullmann

Die Cinnamon-X-mas-Edition

»Hallo?«, sagte sie. »Hallo. Also. Entschuldigung. Es tut mir leid. Aber die Seife ist leer.«

Der braun gebrannte, spindeldürre Mann mit dem Kapitänsjäckchen schien sie nicht zu hören. Er stand einfach da, schnaufte und schaute nach unten. Ringsherum hetzten zwanzig oder dreißig Menschen in weißen Blusen, weißen Hemden, weißen Kitteln durch den Saal, wedelten mit den Armen und kläfften sich kurze, harte Befehle zu. Der spindeldürre Mann war als Einziger ganz in Dunkelblau gekleidet – oder war das Schwarz? – und stand als Einziger so gut wie still, an einem Pult aus dunklem Holz. Auf das Pult war ein Display-Gerät montiert, eine Art Kassencomputer, nahm sie an. Mit steifen Fingern tippte er auf dem Gerät herum. Es piepste immer wieder, sehr hoch, sehr schrill. Eigentlich gehörte sie zum Schwarm der Weißgekleideten, eigentlich hätte sie auch herumhetzen sollen. Aber nun hatte sie ein dringendes Anliegen, es war wirklich wichtig. Und so stand sie, im Moment ziemlich unnütz, zwei Meter neben dem Mann und dem Pult und wartete.

Einen Stromausfall hatte es gegeben. Fast eine Stunde lang hatte alles im Dunkeln gelegen. Die Öfen, Herde und Warmhalteschleusen waren kalt geblieben, die Klimaanlage und die Dampfabzugshauben hatten ausgesetzt. Erst seit acht, neun Minuten funktionierte alles wieder. Und jetzt wurde es knapp. Schon in einer Viertelstunde sollten die hohen Glastüren sich öffnen. Zweihundert Gäste wurden erwartet, auf dem mittelblitzblauen Teppich, in den zarte Goldsprengsel eingewebt waren, was sehr weihnachtlich wirkte, wie sie fand, ein bisschen wie zertretene Sternschnuppen. Sie hielt es für möglich, dass der Teppich extra für diesen Tag ausgelegt worden war.

»Entschuldigung«, sagte sie noch einmal, etwas leiser als vorher, obwohl sie es lauter hatte sagen wollen.

Der Mann im Kapitänsjäckchen reagierte wieder nicht. Er schien völlig hypnotisiert von dem Gerät. Von links flog ein dicklicher Mensch in schwarzweiß gestreifter Weste an ihn heran und japste ihm etwas ins Ohr. Der Mann im Kapitänsjäckchen blickte nicht auf, antwortete dem Westenmann aber, oder heulte eher, so laut, dass auch sie es hörte: »I muss den Scheiß rebooten, Herrgott! Aber dös gehd ned! Dös tut's aanfach ned, dös Mistding!« Der Westenmann flog wieder weg.

Eine Gala sollte es werden. So ungefähr hatte man es ihr erklärt. Ein Fünf-Gänge-Festtagsmenü war angekündigt, ein Menü, das so *krass* war, allein schon von der Beschreibung, von der Speisekarte her, dass sie es sich immer noch nicht richtig ausmalen konnte. Sie hatte keinen Schimmer, was man sich unter »Schaumsuppe vom Kerbel mit gebratenem Stör im Mandelmantel« vorstellen musste, unter »Variationen vom Rehrücken« oder »Ananascarpaccio«. Auch für »Gefülltes Saiblingsfilet und gratinierte Jakobsmuschel mit Kartoffelschaum und Patissons« fehlten ihr die Bilder. Das Einzige, woran sie sich festhalten konnte, war die Zahl Neunundsiebzig. Neunundsiebzig Euro kostete das Weihnachtsmenü pro Person, Tafelwasser inklusive. Und neunundsiebzig Euro war zufällig auch ungefähr die Summe, die sie sich hier zusammenverdienen würde, an zwei Festtagen mit je fünf bis sechs Stunden Aushilfsarbeitszeit. »Um die achtzig Euro müssten netto schon rumkommen«, hatte ihre Freundin Malu gesagt. Sie würde sich – und ihrer Freundin Malu – etwas Schönes dafür kaufen. Vielleicht zwei Zwillingshandtaschen in Karamell. Mit so Henkeln. So halblangen, breiten, bisschen gepolsterten.

Der Schmuck im Saal: Es war der Wahnsinn. Allein schon der Weihnachtsbaum, riesengroß und vollkommen silbrig. *Krass, krass, krass*. So weiße, so super perfekt gemangelte Tischdecken hatte sie auch noch nie aus der Nähe gesehen, geschweige denn angefasst. Auf die Tische hatte irgendwer Girlanden und Kugeln gelegt, zu Dekorationszwecken, in einem Muster, das ihr unklar war, Blau, Silber und Gold, und über jedem Teller lag waagerecht ein braunes, stumpfes Stäbchen, das aussah wie ein morsches Stück Holz. Sie fand, dass das überhaupt nicht zum Gold passte, und hatte eines der Stäbchen in die Hand genommen und eine Frau in gestreiftem Schürzchen, eine vom Stammpersonal, gefragt: »Entschuldigung. Aber was ist das?« »Pfff«, hatte die Frau gesagt, »Zimt!« Daraufhin hatte sie, die Ahnungslose, das Stäbchen vorsichtig an ihre Nase geführt und daran gerochen. »Eine Zimstange halt!«, hatte die Frau dann noch gerufen und die Augen zur Saaldecke gedreht und war mit dem Serviettenwagen an den nächsten Tisch gerollt. Kurz hatte sie überlegt, eines der Stäbchen in ihre Kitteltasche zu stecken, es also praktisch zu klauen, zur Erinnerung. Dann hatte sie es zurückgelegt. Sie war sich vor allem nicht sicher, wie selten oder wertvoll so was war.

Der Mann am Stehpult war der Herr Emanuel. Er war der Chef des Ganzen, man nannte ihn auch »Konzersch«, wie sie zu Schichtbeginn aufgeschnappt hatte, obwohl diese Information gar nicht für sie bestimmt gewesen war, aber sie war nun mal der Typ, der immer mit offenen Augen und Ohren durch die Welt ging. Und da es ihr langsam unangenehm wurde, wie sie da herumstand, holte sie Luft, zog sie den Bauch ein und sagte: »Hallo. Bitte. Die Seife ...«

»Was?«, fuhr der Herr Emanuel jetzt herum.

»Man kann sich die Hände nicht waschen ...«

Er schaute sie an, als ob sie ein Fleck auf dem Teppich wäre.

»Die Seife. In den Toiletten. Ist leer. Ich war auf dem Klo und wollte mir die Hände waschen. Also: danach. Für die Arbeit, nicht für privat. Ich dachte, bevor ich zurück ans Geschirr gehe ... Aber die Seife war leer. Und niemand weiß Bescheid. Wie man das auffüllen kann, jetzt. Und da dachte ich, dass ich vielleicht Sie fragen kann, wo denn ...«

»Kinder!«, jaulte da der Herr Emanuel, riss überraschend seine Hände vom Pult und schleuderte sie nach oben, »Kinder! Leckt's mi doch alle am Arsch!« Dann drehte er sich um und lief weg, lief in schnellen, scharfen Schritten einfach weg.

Es war der 25. Dezember, elf Uhr dreizehn, sie war siebzehneinhalb und erledigte gerade den ersten Premiumjob ihres Lebens. Eigentlich war es gar nicht ihr Job. Sondern der ihrer Freundin Malu.

Mit Malu teilte sie sich Einskommafünfzimmer, in der Nähe des Hauptbahnhofs. Malu war schon über ein Jahr in der Stadt. Sie selbst war erst vor drei Wochen nachgekommen. Malu hatte gesagt, dass es nur in der Stadt weitergehen könne, weil immerhin seien da die Prominenten, was hoffentlich eines Tages auf einen abfärben würde, und dass sie, die Freundin »aus dem Drecksdorf«, gern jederzeit nachkommen und bei ihr wohnen könne, »für den Übergang und zum Erwachsenwerden. Hauptsache, du bist aus dem Drecksdorf weg.«

Malu war schon einundzwanzig und stand bei einer Serviceagentur in der Kartei, die »ProPersona« hieß. Wenn es eine Messe gab, einen Kongress, eine Indoor-Gartenmöbel-Spezial-Schau oder einen anderen Anlass, bei dem viel gegessen wurde und folglich viele Teller, Messer und Gabeln zu spülen waren, rief die Agentur bei Malu an und bestellte sie an diesen oder jenen Ort. Acht Euro siebenunddreißig zahlte man ihr pro Stunde. »Es geht ziemlich gut«, meinte Malu, »ich komm klar.«

Dieses Mal würde Malu allerdings kein Geld verdienen, denn sie war krank geworden. Mit Fieber und Schüttelfrost lag sie im großen der einskommafünf Zimmer auf dem Sofa, schon seit dem Vortag, seit Heiligabend.

»Oh Mann! Ich glaub's nicht!«, hatte Malu nachmittags gegen fünf Uhr gesagt. Eigentlich hatten sie abends Kerzen anzünden, Sekt trinken, kalte Hähnchenschenkel und Plätzchen essen und über das Leben reden wollen und darüber, was sie an Silvester machen könnten. »Dein erstes Weihnachten ohne Eltern, *krass*, oder?«: So hatte Malu ihr in den Tagen zuvor immer wieder zugezwinkert. Aber dann, als der 24. Dezember da war und der Sekt schon schön kalt gestellt, hieß es leider: »Ich kann nicht. Mir ist schlecht. Und ich war schon zweimal krank seit Oktober!« Es sei so gut wie sicher, dass man sie rausschmeißen werde aus der Agentur, wenn sie schon wieder einen Einsatz absagen musste. »Geh du morgen für mich da hin. Kannst du das machen? Bitte!« Sie hatte wirklich schlimm ausgesehen, ganz gelb und mit Schweißperlen im Gesicht.

»Ja, aber ...«

»Niemand weiß da, wer ich bin, niemand wird das merken. Das wechselt ja ständig, es sind immer wieder ganz neue Leute dabei. Ich bringe die sowieso immer durcheinander. Der eine heißt Juri, der andere Jiri – was interessiert's *mich*?«

Dass es nur darum gehe, pünktlich da zu sein, hatte Malu gesagt, und darum, einen weißen Servicekittel anzuziehen, so hatte sie es ausgedrückt: »Service-Kittel«. Und: »Wenn's direkt in der Küche ist, geben sie dir wahrscheinlich auch ein

Häubchen oder so was.« Es müsse eben einfach die Arbeit gemacht werden: Das schmutzige Geschirr von den festgeklebten Speiseresten befreien, mit Hand und Bürste vorarbeiten – »Da gibt's Handschuhe für« –, die Soßenkrusten, Fleischfetzen und Gemüsebröckel schon mal abkratzen, das Geschirr dann in die Maschine räumen – »Es gibt große und mittlere und ganz, ganz große Maschinen, das wird man dir schon erklären« – beziehungsweise – »Das kann auch sein« – das frisch gespülte Geschirr aus der Maschine herausnehmen – »Da musst du aufpassen, das ist manchmal scheiße heiß« – und auf einen neuen Rollwagen räumen – »Der kommt dann später nach vorn, in den Service, aber darum musst du dich eher nicht kümmern.«

»Ich weiß nicht. Ich bin doch noch nicht achtzehn ...«

»Da sind welche, die sind nicht mal sechzehn!«

»Ich weiß wirklich nicht. Können wir nicht zum Arzt gehen? Dann gebe ich da einen Krankheitsschein ab und erkläre denen alles. Das ist doch viel besser.«

»Hallo? Weihnachten! Hallo? Hallo? Hallo? Wo hat denn jetzt ein Arzt offen? Und außerdem, die haben ganz klar gesagt: Noch einmal, und ich bin raus. Bitte! Bittebittebitte!«

Dann hatte Malu sich aufgerichtet und über den Couchtisch gebeugt, um auf der Rückseite der Fernsehzeitschrift ein paar Linien zu zeichnen. »Also pass auf, das ist alles ziemlich groß da. Ist ja ein Hotel. Mit tausend Zimmern, schätz ich. Oder sagen wir: fünfhundert. Und eben mit dem Restaurant. Ich war da schon mal bei einer Preisverleihung. Warte ... hier ... da hinten sind die Toiletten. Und da ... wo das Kreuz ist, das ist da, wo man rauchen kann.« Dann, schwer hustend: »Ich schmink dich auch! Ich schmink dich älter.«

Gemeinsam hatten sie schließlich im Internet nach dem Hotel gesucht und es tatsächlich gefunden. Malu hatte ihr ein paar Bilder gezeigt. Es sah alles völlig unglaubwürdig aus, wie aus einem Film. Sie hatten sogar die Speisekarte online entdeckt, das, was am Tag X und am darauffolgenden Tag Y den Gästen serviert werden sollte.

»Mil-le was? Mil-le ... Fäu-le ...?«

»Ist doch voll egal!«, sagte Malu. »Das muss dich gar nicht kümmern, was vorne auf die Teller drauf kommt. Du hast nur mit dem zu tun, was hinten wieder rauskommt.«

Da das ziemlich schräg klang, hatten sie beide lachen müssen.

Pünktlich um vier Minuten vor neun Uhr dreißig war sie im Hotel erschienen, kam dann allerdings trotzdem zu spät, weil sie den Haupteingang genommen hatte, die gewaltige Drehtür, die in eine ... wahnsinnig ... große ... Halle führte, wo es rostrote Sofas gab und Fernseher an den Wänden, die waren größer als Werbeplakate, und Springbrunnen und einen echten Marmorboden und Lampen aus Diamanten und mannshohe Blumenvasen. Fast wäre sie *umgefallen* in dieser Halle, würde sie später Malu erzählen. Leider wusste niemand dort etwas mit ihr anzufangen, und dann dauerte es ein Weilchen, bis sie herausfand, dass es einen Personaleingang gab, der auf der Rückseite des Hotels lag. Als sie endlich an ihrem Einsatzort angekommen war, keuchend, weil sie erst einmal um das ganze Hotel herumlaufen und sich dann durch kilometerlange, fensterlose Gänge hatte durchschlagen müssen, da hatte sie eigentlich sofort aufs Klo gemusst. Einfach schnell mal pinkeln. Was ja vollkommen verständlich war, allein schon wegen der Aufregung. Aber dafür war keine Zeit. Schnell, schnell sollte sie den weißen Kittel anziehen (der ihr ein bisschen zu groß war, immer noch besser als zu klein), schnell schnell wurde sie zu der Gruppe geschubst, die gerade den Küchenfußboden feucht durchwischte (die Gruppe, die das Besteck nach Flecken kontrollierte, war schon vollzählig), schnell schnell hatte sie also einfach irgendwie mitgemacht. Und eigentlich war es ganz gut gegangen. Bis der Strom ausfiel. Bis alles stillstand beziehungsweise: Bis alle sich erst einmal in den Hof, vor den Personaleingang, stellten und eine nach der anderen wegrauchten und sich über Zeug unterhielten, von dem sie kaum etwas verstand. Einer von den Weißkitteln sprach sie da schon zum zweiten Mal mit »Sabine« an. Und sie konnte sich nicht entscheiden, ob es besser war, ihn in dem Glauben zu lassen, dass sie eine »Sabine« war, oder ihn aufzuklären, wie die Sache tatsächlich lief: Dass sie Malu Schäfer war – wer sonst? Ganz schön kühl war es draußen, in der Raucherecke, aber drinnen war sogar die Notbeleuchtung ausgefallen, was der Grund dafür war, dass sie sich, obwohl ihre Blase sicherlich bald platzte, nicht wieder hinein traute, um die Toilette zu suchen.

Kaum war der Strom wieder da, rannte sie aber los. Und es war eine ungeheure Erleichterung, als es aus ihr heraus plätscherte, oder: schoss.

Als sie vor den Waschbecken stand, drei waren es, sie stand vor dem mittleren, betrachtete sie, während sie den Wasserhahn aufdrehte, ihr Gesicht und fand den Lidschatten, den Malu ihr aufgemalt hatte, gleichzeitig schön und etwas übertrieben. Sie drückte auf den schmalen Kopf des Seifenspenders, der fest im Waschbecken installiert war. Aber es kam nichts heraus. Sie probierte es beim Seifenspender links und auch beim Seifenspender rechts. Sie drückte von leicht seitwärts, sie drückte kräftig, sie drückte sanft. Während sie überlegte, ob man das Ding vielleicht irgendwie abschrauben konnte, um den letzten Rest herauszuholen, kam die Frau mit der schwarzweiß gestreiften Schürze herein, die aus dem Saal, die mit dem Zimt und dem Serviettenwagen.

Die grüßte nicht, nickte nicht mal und schloss sich in einer der Klokabinen ein. »Okay, wenn die wieder rauskommt, frage ich die, wie das mit der Seife ist«, dachte sich die Aushilfskraft, löste ihren Pferdeschwanz und fuhr sich mit den – ungewaschenen! – Fingern durch die Haare, damit sie beschäftigt wirkte, damit es nicht aussah, als würde sie trödeln.

Die Schwarzweißgestreifte hatte abgezogen, kam aus der Klokabine heraus, warf der Aushilfskraft, die umständlich an ihren Haaren herumfummelte, im Vorbeigehen im Spiegel einen bösen Blick zu, zischte: »Na, Fräulein, wir haben aber wirklich viel, viel Zeit ...«, und verschwand. Ohne eines der Waschbecken berührt, ohne einen Hahn aufgedreht zu haben. Ohne die Seifenspender auch nur angesehen zu haben. Und es war doch eine von denen, die später draußen das Essen servieren würden!

Die Aushilfskraft fand das ... Sie wusste gar nicht, wie sie es hätte ausdrücken sollen. Auch wenn sie noch nicht sehr viel wusste vom Leben, nicht von der Stadt, erst recht nicht von der Arbeitswelt, so hatte sie eines auf jeden Fall gelernt und irgendwo tief in ihrem Innern, da, wo der Mensch bei sich zu Hause ist, gespeichert: Dass man sich die Hände wäscht, bevor man irgendwas mit Essen macht. Dass sich das nicht gehörte, da war sie sich sehr sicher: Leuten ein Fünf-Sterne-Menü für Neundundsiebzig Euro zu verkaufen, mit ungewaschenen *Klohänden*. Es war immerhin Weihnachten, das kam ja noch hinzu.

Während sie mit dem Haargummi rang, um die Frisur wieder hinzukriegen, überlegte sie erst, ob das vielleicht ein Test war. Man konnte so was manchmal im Fernsehen sehen. Versteckte Kamera und so. Dann dachte sie sich in eine wilde kleine Zornspirale hinein. Sie war ordentlich. Sie putzte gar nicht ungern, im Gegenteil, es gefiel ihr, wenn die Dinge sauber waren. Sie konnte Staub nicht leiden, Keime noch weniger. Und sie trug hier eine gewisse Verantwortung. Vor allem für ihre Freundin Malu Schäfer. Malu Schäfer war eine Frau, die immer an alles dachte. So fleißig, dass sie sogar Angst hatte, ihren Job zu verlieren, nur weil sie krank war. Das muss man sich mal vorstellen! Und: Nur weil jemand kein schwarzweißes Schürzchen trug, musste man ihn noch lange nicht so von oben herab behandeln. Was sie jetzt tun würde, tun *musste*: Sie würde im Namen und im Auftrag von Malu Schäfer sofort eine Seife organisieren, was zwar womöglich nicht zum direkten Aufgabengebiet von Malu Schäfer gehörte, aber genau das war ja das Besondere an ihr: Dass Malu Schäfer immer mitdachte, dass sie immer voll da war, dass sie ein wertvoller Mensch war, einer, der sogar seine Einskommafünfzimmer mit jemandem teilte und an Weihnachten arbeiten gegangen wäre, wäre sie gesund genug dafür gewesen, aber selbst dafür hatte sie eine Lösung gefunden, sie war jemand, bei dem die Dinge, die angepackt wurden, einfach klappten.

Draußen, auf dem Gang, kam ihr zuerst die stellvertretende Teamleiterin entgegen, die mit den zusammengekniffenen Lippen. Dann einer mit ganz vielen Pickeln. Dann einer, der freundlich und gewaschen wirkte, aber leider kein Deutsch verstand. Und noch jemand und noch jemand, aber die Antwort war immer dieselbe: »Lass mich bloß mit dem Quatsch in Ruhe, siehst doch, was hier los ist.«

Im Spülraum wurde sie fast von der Luft erschlagen, es dampfte und lärmte, stank nach Chlor und Babybrei. Sie ging auf den Oberspüler zu. Auch einer, der fest zum Hotel gehörte, ein quadratischer Mensch mit ganz verrückt abstehenden Ohren, wenigstens einer, der ihr zuhörte – mit einem Grinsen allerdings, das ihr sofort unangenehm war. Es war dann auch wirklich seltsam. Statt auf ihre sehr einfache und höflich vorgebrachte Seifenfrage zu antworten, reckte er kurz seinen rindswurstdicken rechten Zeigefinger in die Luft, was so viel bedeutete wie: »Jetzt pass mal auf, ich zeig dir was«, das verstand sie sofort. Langsam, als führte er einen Zaubertrick vor, faltete er seine Hände auf, zeigte ihr die fleischigen Flächen, und wischte sich, erst mit links, dann mit rechts, über seine Nase, über die Nasenlöcher, um genau zu sein. Dann zog er seinen Bauch ein, steckte seine Hände in seinen Hosenbund und machte kurz zwischen seinen Beinen herum. Sie konnte fast nicht glauben, was da geschah. Der Quadratische nahm die Hände wieder aus seiner Hose, spuckte hinein und verrieb das Ganze, aufreizend langsam. Wieder zeigte er ihr die Handflächen, diesmal waren sie schlierig feucht. Als er seine Hände dann fett und flach auf einen frisch gespülten weißen Porzellanteller presste, fing er auf schweinische Art an zu lachen.

Angewidert drehte sie sich um und lief los, raus aus dem Spülraum, stolperte über den Gang und landete, weil sie gerade sehr aufgeregt war und wieder die Orientierung verloren hatte, im Festsaal. Da sah sie den Mann im Kapitänsjäckchen. Den Chef, den Wichtigsten von allen. Und fasste sich ein Herz. Und stellte sich neben ihn. Und hatte da schon längst ganz felsenfest mit sich ausgemacht, mit sich und Malu Schäfer, dass sie nicht eher wieder zurück an die Arbeit gehen würde, bis sie sich die Hände gewaschen hatte und bis die Sache mit der Seife ganz generell und grundsätzlich geklärt war.

Gut zehn Minuten nach der Begegnung mit dem Oberchef saß sie in der S-Bahn Richtung Hauptbahnhof. Gut, dass sie in dessen Nähe wohnte. So wusste sie, dass die Geschäfte hier auch sonntags geöffnet waren, sogar nachts, und wenn jetzt alles gut ging, auch am ersten Weihnachtsfeiertag.

Unterwegs zählte sie ihr Geld. Vierzehn Euro achtundzwanzig in bar. Als sie vor dem Sonderangebotsregal in der

Bahnhofsdrogerie stand – »Reduzierte Weihnachtsware« stand oben drüber, obwohl Weihnachten noch gar nicht vorbei war –, verglich sie Preise und Gerüche. An der Kasse zahlte sie dreimal zwei Euro neunundsiebzig. Dabei fiel ihr erstens auf, dass sie sich noch immer nicht die Hände gewaschen und trotzdem alles Mögliche angefasst hatte, ihren Mantel, die Tasche, den Fahrkartenautomaten, die S-Bahn-Türen, das Geld; und es fiel ihr, als sie auf das Drogeriedisplay schaute, zweitens auf, dass dreimal zwei Euro neunundsiebzig genau acht Euro siebenunddreißig ergaben, was ja genau dem Stundenlohn entsprach, den sie beziehungsweise Malu bekommen sollte.

Da wurde sie ganz ruhig. Da verdampfte ihre Anspannung. Da legte sich das Schneegestöber in ihrem Innern, da wurde ihr doch noch weihnachtlich zumute. Alles hing ja immer mit allem zusammen – fiel ihr ein. Und dass es immer für alles Zeichen gab. Sie hatte, so lässt es sich vielleicht am besten zusammenfassen, einen jener Momente, in denen ein Mensch genau spürt, dass es einen Gott oder etwas Ähnliches gibt, eine große Gerechtigkeit, ein Karma und so weiter. Sie begriff in jenem Augenblick ganz klar – und sie hatte zuletzt ganz schön lange darauf gewartet, dass ihr das wieder mal deutlich vor Augen stand –, sie begriff in jenem Moment also, und war sehr glücklich darüber, dass sie auf dem richtigen Weg war, mit allem.

Später, gegen fünfzehn Uhr fünfundvierzig, als die Gäste weitgehend abgefüttert und die Spüler schon ganz schön geschafft waren, als zwar immer noch einiges zu tun war, es aber insgesamt etwas langsamer zuging, musste eine Hotelserviceangestellte mit schwarzweißem Schürzchen, die an diesem Tag für die Tischdekoration, insbesondere für die Servietten, zuständig war, zum zweiten Mal während ihrer

Arbeitszeit austreten. Beim Verlassen der Toilettenräume fiel ihr auf, dass auf den Waschbecken, deren Hähne nur eiskaltes Wasser rausließen, weswegen sie überhaupt nicht einsah, sich nach dem Klo die Hände zu waschen, in diesem ausbeuterischen Schickimicki-Shit-Hotel, dass da etwas stand, was da normalerweise nie stand. Drei Seifenspender aus Plastik, auf jedem Becken einer. Das mittlere Ding war offensichtlich schon benutzt worden, aber rechts und links, da waren die Seifenspender noch eingepackt, in knisternde Klarsichtfolie, die mit aufgeflocktem Silberzeug verziert war. Die Schwarzweißgestreifte nahm eines der Seifenspenderpäckchen in ihre Hände. Schön schwer wog es, und es sah auch nicht schlecht aus. Es wirkte wie ein richtiges Geschenk, eines, das man zum Beispiel einer Nachbarin schenken konnte, jemandem, den man nicht sehr gut kannte und mit dem man auch nicht besonders viel zu tun haben wollte. Die ordentlich ausgebildete Hotelfachkraft, die selbstverständlich noch viel mehr vorhatte für ihr Leben, als mit einer Horde ungebildeter Hilfsidioten aus Kasachstan und sonst woher tagein tagaus irgendwelche Millionäre zu bedienen, drückte die Klarsichtfolie platt, um zu lesen, was auf der Seifenspenderflasche stand: *Cinnamon-X-mas-Edition – für samtweiche Hände auch im Winter.*

Sie nahm auch den zweiten originalverpackten Spender.

Das angebrochene Teil in der Mitte ließ sie stehen.

Und konnte es kaum erwarten, dass diese elenden Feiertage bald ein Ende nähmen.

Kolja Mensing

Arbeit am Roman oder: Meine Großmutter verlobt sich an einem Heiligabend mitten im Krieg

1943

Meine Großmutter war damals siebzehn Jahre alt. Nach dem Abendessen verließ sie mit ihrer Freundin Lola das Lager und setzte sich mit ihr an das steile Ufer des kleinen Sees, der ganz in der Nähe der Baracken des Reichsarbeitsdienstes lag. Es war Heiligabend, eine sternklare, kalte Nacht, die beiden jungen Frauen hatten Wolldecken dabei. Alles war vorbereitet: Meine Großmutter holte die Zahnputzbecher und die Flasche mit dem Eierlikör hervor, die sie mitgenommen hatte, und schenkte Lola und sich selbst ein. Dann war es so weit. Nach einem kurzen Blick auf die Armbanduhr steckte meine Großmutter sich den goldenen Ring an, den sie seit drei Wochen in einem Seitenfach ihres Portemonnaies verwahrt hatte, und stellte sich vor, dass der Soldat, in den sie verliebt war, in seiner 260 Kilometer entfernten Kaserne – wie verabredet – genau in diesem Moment das Gleiche machte. Lola und sie stießen an, dann wickelten sie sich in die schweren grauen Wolldecken, lehnten sich zurück und sahen in den Himmel. Weihnachten 1943, das ist eine Geschichte, die in unserer Familie gern erzählt wird: Am 24. Dezember jenes Jahres haben meine Großeltern sich mitten im Krieg verlobt, heimlich, fernab von ihren Familien und an getrennten Orten; sie in einer Kleinstadt nicht weit von Posen, er auf einem streng bewachten Militärgelände in Bornstedt bei Potsdam. Im Frühjahr sollte es in dem kleinen Dorf im Nordwesten, in dem meine Großmutter bis heute zu Hause ist, auch eine offizielle Verlobungsfeier geben. Aber das hat später natürlich nie jemand erwähnt. Die andere Geschichte ist einfach besser. Sie ist fast so gut wie die Geschichte von der Feldpostkarte, die mein Großvater in Frankreich gefunden hatte. Davon später.

1977

An die Kerzen erinnere ich mich gut. Meine Eltern fuhren mit mir und meiner Schwester oft schon am Nachmittag des 24. Dezembers zu meinen Großeltern. Die Stimmung war immer leicht angespannt. Einer der Gründe – heute verstehe ich das besser – war der strenge Ablauf der Feier im Haus meiner Großeltern, an dem sich über Jahrzehnte hinweg nichts geändert hatte. Am Esstisch im Wohnzimmer gab es Kaffee und Kuchen, dann wurden wir Kinder in eines der Zimmer im oberen Stockwerk des großen Hauses geschickt. Wir lasen, oder mein Vater schaltete uns den alten Fernseher im Eckzimmer an und wir sahen das Kinderprogramm, während die Erwachsenen den Tannenbaum schmückten, die Krippe mit den geschnitzten Holzfiguren aufbauten und Geschenke auf kleinen Tischen drapierten. Um kurz vor fünf gingen meine Eltern und mein Großvater mit uns in die Kirche, und nach dem Gottesdienst – das war das Besondere! – brannten überall im Dorf in den Fenstern Kerzen. In jedem Haus waren Kerzenständer aufgebaut worden: zwei Holzlatten, die an einer Seite mit einem Scharnier verbunden waren und als spitzwinkliges Dreieck in die Fenster gestellt wurden, mit brennenden Kerzen links und rechts, so dass die Silhouette eines Weihnachtsbaums zu erahnen war. Der Brauch reichte weit zurück, bereits die Großmutter meiner Großmutter muss als Kind am Heiligabend die erleuchteten Fenster gesehen haben. Ganz ungefährlich war das nicht. Die Nachbarn benutzten darum längst elektrische Kerzen, doch daran war im Haus meiner Großmutter selbstverständlich nicht zu denken. Nach der Bescherung, wenn wir beim Abendessen saßen – es gab wie in jedem Jahr Heringssalat mit Speck und Roter Bete –, würde sie von ihrer Kindheit erzählen, als es noch keine Straßenbeleuchtung gab und der Kirchhof und das ganze Dorf am Heiligabend in warmes Licht getaucht waren. Auch in meiner Erinnerung flackern die Kerzen. Von der Straßenbeleuchtung keine Spur.

1943

Meine Großmutter ist ein sehr disziplinierter Mensch. Morgens zum Beispiel wäscht sie sich mit eiskaltem Wasser, zur Verwunderung der Frauen vom ambulanten Pflegedienst, die ihr im Badezimmer zur Hand gehen. Meine Großmutter – sie heißt Lore – macht das seit siebzig Jahren. 1943 war sie im Arbeitsdienst in Altkloster, einer ehemals polnischen Stadt, die vor dem Krieg Kaszczor geheißen hatte und nun im sogenannten Warthegau lag. Die meisten Polen waren verjagt worden, stattdessen kamen deutsche Siedler. Hier bewohnte meine Großmutter gemeinsam mit rund zwanzig anderen jungen Frauen ein Sammellager des Reichsarbeitsdienstes. Nach dem Aufstehen – die Mädchen übergossen sich gegenseitig mit kaltem Wasser und stellten sich dann in ihren gestärkten weißen Blusen zwischen den Baracken zum Fahnenappell auf, den rechten Arm zum Deutschen Gruß erhoben – machte Lore sich auf den Weg zu einer Bäckerei. Der Bäcker war mit seiner Familie gerade erst nach

Altkloster gekommen; Lore half im Haushalt. Am späten Nachmittag ging sie zurück ins Lager. Die jungen Frauen trafen sich in einer der Baracken zum Hauswirtschaftsunterricht. Sie lernten kochen, nähen, ein Baby zu wickeln. Abends saßen sie zusammen und redeten über das Leben, über Adolf Hitler, über Deutschland, über später. Die Arbeitsdienstführerin ermunterte Lore und ihre Freundin Lola, sich um eine Ausbildung zur Erzieherin zu bewerben, um in einem der neuen Kindergärten zu arbeiten, die die Nationalsozialisten seit den dreißiger Jahren überall im Land eröffneten. In Europa tobte ein Krieg, doch meine Großmutter sah in Altkloster einer hellen Zukunft entgegen, zu der auch mein Großvater gehören sollte. Er hieß Rudolf – alle sagten Rudi – und war nicht mehr an der Front, sondern diente als Feldwebel einer Ausbildungskompanie an der Infanterieschule für Fahnenjunker in Potsdam-Bornstedt. Nach dem Krieg wollten Lore und er heiraten. Die Verlobung war für den März kommenden Jahres angesetzt worden. Lores Mutter hatte Ringe in Auftrag gegeben, bei einem Uhrmacher und Juwelier in Berlin, der aus ihrem Dorf stammte und regelmäßig Hamsterfahrten machte. Er wurde mit Speck bezahlt. Rudi hatte die Ringe bereits abgeholt, und als er Lore am ersten Adventswochenende von Potsdam aus für einen Tag in Altkloster besuchte, brachte er sie mit, zusammen mit einer Flasche Eierlikör. Lore und Rudi hatten eigene Pläne. Sie waren sich einig, dass ihre Verlobung nicht im Kreis von Tanten und Cousinen stattfinden sollte, mit Torte am Nachmittag und belegten Broten am Abend, und kurz bevor Rudi in den Zug zurück nach Potsdam stieg, sprachen sie noch einmal alles durch. Am Heiligabend würde sie mit ihrer Freundin Lola in der Dunkelheit zu dem See laufen, und zur verabredeten Stunde würde sie sich unter dem Sternenhimmel ihren Ring anstecken, genau wie Rudi in seiner Kaserne in Potsdam. Lore und Rudi wollten sichergehen, dass sie sich ihr Leben lang an diesen Abend erinnern würden, und tatsächlich kenne ich wie jeder in der Familie alle Details der Verlobungsfeier: der Ring, die Zahnputzbecher mit dem Eierlikör, die Zahnbürsten, mit denen Lore und ihre Freundin Lola Heiligabend 1943 die Dose Ölsardinen auslöffelten, die sie sich als Festessen mit an das Seeufer genommen hatten, die Wolldecken. Seit ich ein Kind war, habe ich diese Geschichte immer wieder gehört. Es ist die Basiserzählung, die zentrale Episode jenes Romans, in den meine Großmutter ihr Leben verwandelt hat. Komponiert worden ist der Roman in der Rückschau. Angelegt und entworfen wurde er allerdings schon damals, in den Jahren des Zweiten Weltkriegs.

2013

Ich bin jetzt zweiundvierzig. Ich lebe mit meiner Familie in Berlin, arbeite als Redakteur für einen Radiosender und versuche, nebenher Bücher zu schreiben. Einmal in der Woche rufe ich meine Großmutter an. Mein Großvater ist vor sechs Jahren gestorben; seitdem lebt sie allein in dem Haus, in dem sie 1926 geboren wurde. Ich erzähle von meinem Sohn, kleine Geschichten vom Spielplatz oder aus dem Kindergarten, sie erzählt von Arztbesuchen, von den Pflegerinnen, die morgens und abends zu ihr nach Hause kommen, von Büchern, die sie liest, von Beerdigungen. Viel erleben wir beide nicht, und früher oder später tauchen wir in diesen Telefongesprächen in die Vergangenheit ab, in die Zeit, in der meine Großmutter jung war. Die meisten der Geschichten kenne ich auswendig. Ich lasse sie mir trotzdem noch einmal erzählen, während ich in meinem Arbeitszimmer sitze, gleich neben dem Regal mit der Literatur zum Zweiten Weltkrieg. In den

Büchern steht alles, was man wissen muss. Es geht darin um die nationalsozialistische Siedlungspolitik im Warthegau, um das Vernichtungslager Kulmhof, östlich von Posen, wo 1941 die ersten Gaswagen zum Einsatz kamen und bis zum Frühjahr 1943 knapp 200 000 Menschen umgebracht worden waren; es geht um die politische Indoktrination im BDM, in der Schule und im Reichsarbeitsdienst, um den Angriff auf Polen, auf Frankreich und auf die Sowjetunion, um die Verbrechen, an denen die Soldaten der Wehrmacht beteiligt waren. Ich habe das alles gelesen. Was mich am meisten interessiert, ist allerdings der Trick meiner Großmutter. Wie hat sie es hinbekommen, ausgerechnet aus dieser Zeit, aus den Jahren zwischen 1939 bis 1945, einen Liebesroman zu machen?

1940

Rudi schrieb regelmäßig Briefe. Er erzählte von der Bergarbeitersiedlung im Ruhrgebiet, von der Zeche Auguste Viktoria, auf der sein Vater sein Leben lang gearbeitet hatte und auf der er selbst drei Jahre als Jungbergmann eingefahren war. Nach dem Tod seines Vaters hatte Rudi sich 1936 in der Wehrmacht verpflichtet und zwei Jahre an der Unteroffiziersschule des Heeres in Potsdam verbracht. Sport war wichtig. Rudi schwamm, ruderte, trieb Leichtathletik, spielte mit den anderen Soldaten Fußball und Handball, bis seine Kompanie erst nach Polen und dann nach Frankreich verlegt wurde. Vom Krieg kaum ein Wort in den Briefen, dafür bekamen Rudis Sätze über den Sommer hinweg einen schwärmerischen Tonfall. Das muss auch Lores Mutter aufgefallen sein, die allein zu Haus war: Lores Vater, der in dem Dorf einen kleinen Laden mit Kolonialwaren und Textilien betrieb, war bereits eingezogen worden. Lores Mutter las jeden der Briefe, die der fremde Soldat an ihre Tochter schrieb, und manche Zeile las sie gleich mehrmals. Lore sollte erst im nächsten Frühjahr konfirmiert werden, und trotzdem hatte ihre Mutter nichts dagegen, dass Rudi während seines Heimaturlaubs zu Besuch kam: Der Krieg hatte die Bühne freigemacht für diese romantische Begegnung, und nichts konnte das Spiel stören. Als Lore an einem warmen Tag im Oktober 1940 Rudi am Bahnhof in der Stadt vom Zug abholte, sah er genauso aus wie auf dem kleinen Foto im Passbildformat, das er ihr in einem der Briefe geschickt hatte, ein Soldat in Uniform, groß und schlank, mit blondem Haar, einundzwanzig Jahre alt. Mit der Kleinbahn fuhren sie weiter in das Dorf, und in den nächsten drei Tagen – es waren Herbstferien – begannen Lore und Rudi mit der Arbeit an jenem Roman, der irgendwann ihr Leben werden sollte. Natürlich waren sie die meiste Zeit unter Aufsicht. Schulfreundinnen wurden eingeladen, und nachmittags spielten sie mit ihnen Tischtennis im langen Flur im oberen Stockwerk des Hauses. Das war Rudis Geschenk gewesen, er hatte Lore zwei Schläger, eine Schachtel Bälle und ein Netz mitgebracht, das an einem Tisch befestigt werden konnte. Abends würfelten sie in der Stube mit Lores kleiner Schwester und saßen dabei so eng nebeneinander auf dem Sofa, dass ihre Oberschenkel und die Knie sich berührten. Dann kam die Nacht, Rudi schlief unten in einer Kammer für Gäste, und am Morgen, wenn Lores Mutter in dem Laden war, waren Lore und Rudi manchmal eine halbe Stunde für sich allein. Bei einem Spaziergang entlang des kleines Flusses oder durch die Wiesen und Felder setzten sie die Gespräche fort, die sie in den Briefen begonnen hatten. Sie sprachen über die Liebe und malten sich das Leben aus, das vor ihnen lag. Am Nachmittag vor seiner Abfahrt, als sie noch einmal hinunter zum Fluss liefen, gaben sie sich den ersten

Kuss. Rudi hatte keinen Zweifel daran, dass der Krieg bald enden würde. Ein weiterer Besuch war für die Weihnachtstage verabredet worden, wenn er das nächste Mal Heimaturlaub erhalten würde. Lore hatte jetzt einen Soldaten zum Freund. Bis heute steht das kleine Foto, das meinen Großvater in Uniform zeigt, auf dem Sekretär meiner Großmutter.

1939/1940

Weihnachten, ein Jahr davor. Am dritten Advent packte Lore ein Feldpost-Päckchen: geräucherte Wurst, eine Tafel Schokolade, ein Stofftaschentuch mit eingesticktem Initial, warme Socken, Größe 44, eine braune Papiertüte mit Kaffee, das meiste davon aus dem Sortiment des Ladens ihrer Eltern. Auch der kleine Tannenbaum stammte aus dem Geschäft, ein hölzerner Christbaum, der aus einzelnen, grün lackierten Sperrholzteilen zusammengesetzt werden musste. Drei Monate zuvor hatte der Krieg begonnen. Die Wehrmacht war in Polen einmarschiert. Lore war gerade dreizehn Jahre alt geworden und besuchte die Höhere Mädchenschule – heute wäre das eine Realschule – in der zehn Kilometer entfernten Stadt. An einem grauen Vormittag im November teilte die Klassenlehrerin Adressen von Soldaten aus, und was dann passierte, war ein großer Zufall. Das sage ich immer dazu, wenn ich diese Geschichte erzähle, weil alles andere, was später passierte, gerade kein Zufall war, sondern Entwurf und Umsetzung. Es ist ja nicht einfach, aus seinen Erinnerungen einen Schleier zu weben, den man sich wie ein schützendes Gewand über den Körper ziehen kann. Der Umgang mit der eigenen Biographie ist harte Arbeit: Sie erfordert intensive Vorbereitung, Durchhaltevermögen, formale Strenge und jede Menge Selbstdisziplin. Damals also schickte meine Großmutter Briefe an einen fremden Soldaten. Sie erzählte von der Schule, von dem Dorf, von dem Laden ihrer Eltern, und der Soldat antwortete. Er schrieb von dem Leben, das er vor Ausbruch des Krieges gehabt hatte. Er hatte eine Frau und vier Kinder, die in einer kleinen Wohnung auf seine Rückkehr warteten, und es ist anzunehmen, dass er Weihnachten 1939 auch von seiner Familie ein Päckchen bekam. Ein halbes Jahr lang tauschten Lore und er Briefe. Dann kam der Mai 1940, Deutschland griff Frankreich an. Pfingsten schickte Lore eine Postkarte, und jetzt ereignete sich der Zufall, der die Geschichte überhaupt erst in Gang setzte. Zwei Wochen später bekam Lore Post von einem anderen Soldaten. Er hieß Rudolf und unterschrieb mit »Rudi«. Er war mit der Nachhut nach Frankreich gekommen und unter anderem durch Autrécourt-sur-Airc gezogen, eine Stadt in den Ardennen. In einer Spinnerei hatten Wehrmachtstruppen kurz zuvor ein Feldlazarett eingerichtet. Die Verwundeten waren längst zurück nach Deutschland geschafft worden, das Lazarett war verlassen. Als Rudis Einheit in den Räumen der Spinnerei ihr Lager aufschlug, fand er auf dem Fußboden Lores Pfingstkarte. Ein paar Tage später schrieb er an die Adresse, die als Absender angegeben war. Lore antwortete, und bald wechselten Rudi und sie Briefe in schneller Folge. Was aus dem Soldaten wurde, der eine Frau und vier Kinder hatte und dessen fünfstellige Feldpostnummer im Frühjahr 1940 zu einem Feldlazarett in Frankreich führte, habe ich nie herausbekommen. Rademacher war sein Nachname. An den Vornamen kann meine Großmutter sich nicht erinnern. Und dabei erinnert sie sich sonst an alles.

1940

Das zweite Weihnachten im Krieg. Die Eltern schmückten den Baum, Lore und ihre Schwester gingen in die Kirche. Als sie nach dem Gottesdienst in ihren Wintermänteln hinaus in die Kälte traten, mit Schal, Mütze und Handschuhen, flackerten bereits die Wachskerzen in den Fenstern der niedrigen Fachwerkhäuser. Die Mädchen spazierten mit den anderen über die hell erleuchtete Dorfstraße. Auch die Höfe außerhalb des Dorfes waren festlich beleuchtet, und wenn man zur Brücke vorlief und über die Felder blickte, tanzten überall in der Dunkelheit Lichter. Zu Hause warteten sie in der Küche, bis die kleine Messingglocke geläutet wurde, die zur Bescherung rief. Alles war wie jedes Jahr: die Kerzen in den Fenstern, das Glöckchen, der Baum, dann die Weihnachtslieder, die sie gemeinsam sangen, »Stille Nacht«, »O du fröhliche«, später der Heringssalat. Nur dass Lore in diesem Jahr verliebt war. Rudi sollte den Heiligabend bei seiner Mutter verbringen, doch anschließend würde er Lore und ihre Eltern besuchen, bevor er zurück zu einer Einheit fuhr, die aus dem Westen zurück nach Polen verlegt worden war. Die Truppenbewegungen waren Teil der Vorbereitungen für den geplanten Angriff auf die Sowjetunion, doch vorerst hatte der Krieg für Rudi eine Pause eingelegt. Weihnachten 1940, das war eine dieser seltsam friedlichen Zwischenzeiten, die später das Einzige sein würden, was in den Erzählungen meiner Großmutter vom Krieg übrig blieb: romantische Szenen, die sich wie von selbst zu einer Geschichte verbanden. Es gibt Fotos aus diesen Tagen, Lore während eines Spaziergangs entlang der verschneiten Felder, Rudi am Fluss, vor überfluteten Wiesen, die von einer dünnen Eisschicht überzogen worden waren. Es muss ein Winter wie in einem Bilderbuch gewesen sein, die ideale Kulisse, um an dem gemeinsamen Liebesroman zu arbeiten. Lores Geschenk für Rudi war ein Lesezeichen, das sie aus einer bunten Kordel und einem Stück festen Karton gebastelt hatte. Darauf hatte sie ein Gedicht von Franz Grillparzer geschrieben, in dem es um etwas geht, das meine Großmutter bis heute »die körperliche Liebe« nennt. Man kann bestimmt darüber streiten, ob Grillparzers Zeilen ursprünglich als Ermahnung zur Sittsamkeit gedacht waren oder ein überraschend freimütiges Bekenntnis zur Leidenschaft darstellten. Im Winter 1940, als Geschenk eines Teenagers an einen jungen Mann, waren die Verse allerdings eine klare Absichtserklärung: eine Art Minimalprogramm der körperlichen Liebe.

Auf die Hände küsst die Achtung,
Freundschaft auf die offne Stirne,
Auf die Wange Wohlgefallen,
Sel'ge Liebe auf den Mund;
Aufs geschlossne Aug die Sehnsucht,
In die hohle Hand Verlangen,
Arm und Nacken die Begierde,
Überall sonst hin Raserei.

Meine Großmutter hat mir das Lesezeichen vor einigen Monaten gezeigt, als ich für einen Nachmittag bei ihr zu Besuch war und sie noch einmal nach dem Weihnachtsfest im Jahre 1940 fragte. In der Rückschau verändert sich die Wirkung der Zeilen noch einmal. Literaturwissenschaftler nennen so einen ersten, vagen Blick auf einen späteren Teil des Geschehens eine »zukunftsungewisse Vorausdeutung«. Ein Spiel mit den Erwartungshaltungen des Lesers: Was könnte passieren? Wie wird es enden? Auch Rudi verschenkte übrigens Weihnachten 1940 ein Gedicht, besser gesagt: ein ganzes Buch mit Gedichten. Ein Jahr vor dem Krieg war im Coppenrath Verlag ein Auswahlband mit Texten von Annette von Droste-Hülshoff erschienen, mit einem nationalsozialistisch gestimmten Vorwort. Der Titel »Denn von den Sternen grüß ich euch« ist dem letzten Gedicht des Bandes entnommen, in dem zwei Liebende im Angesicht des nahen Todes voneinander Abschied nehmen.

Weht nächtlich seine Seraphsflügel
Der Friede übers Weltenreich
So denkt nicht mehr an meinen Hügel
Denn von den Sternen grüß' ich euch!

Was passierte? Sechs Monate später, im Juni 1941, marschierte Rudi mit den Truppen der 6. Armee in die Ukraine ein. Einsatzkommandos der Sicherheitspolizei und des SD zogen im Gefolge der Wehrmacht Richtung Osten und ermordeten gleich in den ersten Wochen nach dem Angriff auf die Sowjetunion zehntausende Juden und andere Zivilisten. Rudi sah Massengräber und brennende Scheunen, in denen Männer, Frauen und Kinder zusammengepfercht worden waren, doch das war keine Geschichte, die später erzählt werden sollte. Selbst den Namen des Ortes, an dem mein Großvater am 5. August 1941 im Osten der Ukraine verletzt wurde, musste ich nach seinem Tod mühsam anhand einiger spärlicher Truppenmeldungen recherchieren. Seine Einheit rückte auf die Kleinstadt Jemtschicha vor, nicht weit von Tscherkassy. Rudi stand am Rand eines Ackers auf Posten, mit einem Fernglas in der Hand, als eine russische Gewehrkugel seinen linken Arm durchschlug. Er wurde in einem Feldlazarett behandelt, und kam dann über Polen zurück nach Deutschland. Lore besuchte ihn während der großen Ferien in einem Reservelazarett in Münster. Rudis Arm blieb steif. Zurück an die Front musste er nur noch einmal, knapp vier Jahre später, als der Krieg schon fast vorbei war.

P.S. 1944/1945

Der Termin stand seit längerem fest. Heiligabend 1944, ein Jahr nach der heimlichen Verlobung, wollten Lore und Rudi heiraten. Dann kam Anfang Dezember die Urlaubssperre. Die Rote Armee war auf Berlin vorgerückt, und auch die Fahnenjunkerschule in Potsdam-Bornstedt war in Alarmbereitschaft versetzt worden. Rudi musste Weihnachten in der Kaserne verbringen. Die Hochzeit fiel aus, und die Chancen, einen neuen Termin zu finden, standen schlecht. Doch wenn meine Großmutter vom Winter 1944/45 erzählt, dann erzählt sie nicht vom Krieg, sondern von einer Welt, die wie die fiktive Welt eines Romans ihren eigenen Regeln und Gesetzen folgt. Und so drückte Ende Januar ein Kompaniechef seinem Feldwebel ein Bündel raffiniert aufeinander abgestimmter Urlaubsscheine in die Hand. Um die Feldgendarmerie nicht misstrauisch zu machen, führte der erste Schein nur in einen Außenbezirk von Potsdam; von dort ging es Zug um Zug weiter Richtung Westen: Rudi war auf Heimaturlaub. Am 31. Januar 1945, der Laden von Lores Eltern war wie jeden Mittwoch geschlossen, fand die Hochzeit statt. Es gibt ein Foto vom Brautpaar, das bei mir in der Wohnung an der Wand hängt: Meine Großmutter trägt ein Kleid aus dunkelblauer Wollspitze, die ihr Vater ein Jahr vor Ausbruch des Kriegs in Belgien eingekauft hatte. Rudi war in Uniform angereist, mit drei Sternen auf der Schulterklappe. Fast fünf Jahre waren vergangen, seit er Lores Postkarte in der Spinnerei von Autrécourt-sur-Aire gefunden hatte. Jetzt war er sechsundzwanzig, Lore war achtzehn, und zum ersten Mal, seit sie sich kennengelernt hatten, teilten sie sich ein Bett. Ganz nackt standen sie am nächsten Morgen voreinander. Sie hatten eine Woche, dann fuhr Rudi zurück nach Potsdam. Die Fahnenjunkerschule war mittlerweile aufgelöst worden, er musste direkt an die Front, in ein Waldstück, irgendwo nordöstlich von Berlin. Lore blieb lange ohne Nachricht. An einem warmen Tag Ende Mai, der Krieg war bereits seit drei Wochen zu Ende, klingelte dann das Telefon im Laden. Der Eierhändler aus dem nächsten Dorf hatte auf seinem Wagen einen jungen Soldaten mitgenommen: Er sei auf dem Weg zu ihnen, die letzten drei Kilometer wolle er zu Fuß zurücklegen. Lore lief Rudi auf der Landstraße entgegen.

Ein Fest der Liebe

Daniel Schreiber

Tschaikowskys große Liebe

Er kann nicht aufhören zu essen, es liegt an der Jahreszeit. Sobald es früh dunkel wird und die düstere Tristesse, welche die Stadt dann einnimmt, nur durch einige Lichterbögen in den Fenstern aufgelockert wird, gibt es für ihn kein Halten mehr. Francesco steht am Buffet und versucht, seinen Teller nicht zu sehr zu füllen. Er ist zu dem musikalischen Salon eingeladen worden, weil er einen kleinen Text für ein Magazin geschrieben hat, seinen ersten. Neben ihm stehen Ileana und Ferdinand, die Gastgeber, er in einem gut geschnittenen Anzug, sie in einem grauen Jil Sander-Kleid, beide mit bauchigen Rotweingläsern in der Hand, und unterhalten sich mit dem jungen Violinisten, zu dessen Ehren das alles hier passiert. Francesco schaut auf seine Füße. Auf dem Weg hierher musste er an den vielen Baustellen am Potsdamer Platz vorbei, und seine Turnschuhe sind jetzt von einer dunklen Erdkruste umrandet. Er hofft, dass niemand es sieht. Vor allem Jonas nicht, der Violinist, der nur ein paar Jahre älter ist als er. Seine Neueinspielung des Violinkonzerts war der Grund, warum er über Tschaikowsky geschrieben hat. Nur seinetwegen hat er seine Selbstzweifel beiseitegeschoben und ist zu diesem Abend gekommen. Francesco sieht zu der Dreiergruppe hinüber und legt sich noch einen der kleinen Mince Pies auf den Teller. Die Mince Pies hat Ileana aus England mitgebracht. Genauso wie die ironischen, rot und grün glänzenden Knallbonbons, die er mit seinem Tischnachbarn, irgendeinem Grafen, wie das Tischkärtchen verriet, etwas ungeschickt zum Platzen gebracht hat.

Es ist das schönste Haus, das Francesco je gesehen hat, es

gibt viel Beton und Glas, die großen, hohen Räume sind mit einem geschmackvollen Mix aus antiken und neuen Möbeln eingerichtet. Er ist gerade zwanzig geworden und kann nicht recht glauben, dass man ihn eingeladen hat. Dass sein Artikel veröffentlicht wurde, war reiner Zufall gewesen. Er hat für ein paar Wochen lang mit dem richtigen Typen geschlafen, der es amüsant fand, dass er sich für Klassische Musik interessiert und deshalb einen langjährigen Freund, den Herausgeber des Magazins, bat, sich Francescos Schreibversuche anzuschauen. Es hat nicht lange gehalten mit dem Typen. Aber nachdem er auf Anregung jenes Herausgebers noch zwei weitere Wochen an dem Tschaikowsky-Text gearbeitet hatte, erschien dieser in der Zeitschrift, zwar um die Hälfte gekürzt, aber immerhin noch mit seiner zentralen Botschaft und unter seinem Namen.

Er wird es sich nicht mehr lange leisten können, so viel zu essen, wenn Männer ihn weiterhin interessant finden sollen, denkt Francesco. Und Sex ist wichtig für ihn, nirgends sonst kann er so loslassen. Er geht schnell zu seinem Tisch zurück, wo er sich Wein aus der Flasche nachgießt, die er sich mit dem Tischnachbarn teilt und die schon fast leer ist. Der Graf setzt seine Befragung dort fort, wo sie durch Francescos nochmaligen Gang zum Buffet unterbrochen wurde, und schwärmt jetzt von Berlin, er ist erst vor ein paar Wochen hergezogen. Sein Atem riecht nach Zigaretten und Wein, seine Haare sind schon grau an den Schläfen, er ist gut angezogen und sieht ziemlich fit aus. Er ist nicht unattraktiv. »Diese Aufbruchsstimmung ist der Wahnsinn«, sagt er. »Gestern Abend war ich in einer Untergrundbar. Alles war mit Kerzen beleuchtet, weil es keinen Strom gab. Das findest du nirgends sonst.« Francesco hört brav zu, isst seinen Teller leer und öffnet eine neue Flasche Wein. Er fragt sich, wie teuer das Jackett des Grafen gewesen sein mag und ob er es in die coole Untergrundbar mitgenommen hat. »Klingt super, da muss ich auch mal hin«, sagt er. Wohl wissend, dass er nichts Dergleichen tun wird.

»Ich fand Ihren Artikel sehr gut.« Auf einmal hört er die strenge Stimme von Ileana neben sich, sie hat eine Hand auf die Schulter des Grafen gelegt, um sich bei ihm dafür zu entschuldigen, dass sie das Gespräch unterbricht. Dann setzt sie sich neben Francesco und sieht ihn ernst und eindringlich an. »Gute Arbeit«, sagt sie. Angetrunken bekommt ihre Stimme etwas Salbungsvolles.

»Danke, das freut mich.« Francesco hält seinen Kopf halb gesenkt, aber er findet Ileanas Interesse an ihm schmeichelhaft.

»Wer so etwas in der Musik erkennt, muss es auch selbst kennen. Diese Entgrenzung, diese Leidenschaft, diese Gefühle, die das Leben überrollen. Es gibt nichts Schöneres.«

Francesco antwortet, ohne nachzudenken. »Absolut. Aber würde man manchmal nicht gern etwas weniger Entgrenzung erfahren? Ich hätte gern so etwas wie einen Plan.« Ohne zu wissen, warum, lacht er kurz auf und befürchtet, zu viel von sich preisgegeben zu haben.

»Niemand hat einen Plan, mein Lieber, alle tun nur immer so.« Ileana lacht ebenfalls.

In diesem Moment tritt Jonas an sie heran, legt seinen Arm um Ileana und flüstert ihr etwas ins Ohr. Sie schüttelt den Kopf und schaut ihn an. »Auf keinen Fall. Trink einfach noch ein bisschen. Ich muss dir ohnehin noch jemanden vorstellen, das hier ist Francesco, ein Musikkritiker. Er hat gerade etwas über dich geschrieben.«

»Wir kennen uns«, sagt Jonas, dessen Gesicht jetzt etwas Undurchdringliches bekommt. »Der junge Kritiker«, fügt er hinzu, und für einen kurzen Moment sieht es so aus, als würde er sich über ihn lustig machen. Francescos Herz sinkt. Der Violinist ist groß gewachsen, kräftig, mit kleinem Bauchansatz, dichten roten Haaren und einem Vollbart, der unzeitgemäß aussieht und in seinem Gesicht wie ein Überbleibsel aus den siebziger Jahren wirkt. Irgendetwas an Jonas ärgert Francesco, gleichzeitig zieht es ihn an. Schon bei dem Interview, das er mit ihm führte, war das so. Irgendetwas Unnahbares, eine Verletzlichkeit, die sich hinter Abgeklärtheit versteckte, eine Pose der Arroganz. Das Gespräch zwischen ihnen war unergiebig. Jonas redete so ungern über seine Arbeit, dass sich Francesco fragte, warum er sich überhaupt mit ihm getroffen hatte. Er konnte nichts davon für seinen Artikel verwenden. Zum Schluss bot Jonas ihm an, ihn im Taxi ein Stück mitzunehmen, auf seinem Weg zum Flughafen. Als sie in Schöneberg vor dem Haus hielten, in dem Francesco mit seiner WG wohnt, und er sich von Jonas verabschieden wollte, hielt dieser ihn plötzlich fest und küsste ihn. Einfach so. Ein langer Kuss, der Wellen der Lust durch Francescos Körper sandte.

»Das wollte ich die ganze Zeit schon tun«, sagte Jonas zufrieden.

»Ich auch«, sagte Francesco, er stammelte die Worte eher. »Und wie.« Während er das sagte, lief er rot an und ärgerte sich darüber. Warum war er nur immer so verkrampft, wenn ihn jemand wirklich interessierte, so handlungsunfähig. Dann sprang er schnell aus dem Taxi. Seine Schüchternheit kam ihm wie ein unüberwindbares Hindernis vor. Er wollte Jonas. Er war es eher gewohnt, gewollt zu werden und nach etwas Überlegung seine Einwilligung in dieses Gewollt-Werden zu erteilen, aber Jonas, den wollte er. Und das schien ein Problem zu sein. Ein Problem, für das er keine Lösung wusste.

»Ich bin wirklich nur gekommen, um mich zu verabschieden, dearest Salonnière«, sagt Jonas zu Ileana, »ich muss früh raus«, er schaut dabei Francesco an. Ileana steht auf, um ihm die drei Wangenküsschen zu geben, die sie jedem hier gibt. Francesco wird wieder so rot, wie er es damals im Taxi geworden war und gibt sich Mühe, nicht zu zeigen, wie aufgebracht er ist. Aber er kann jetzt nicht länger über all das nachdenken. Er spürt, wie die Hand des Grafen gemächlich, aber bestimmt seinen Oberschenkel emporwandert.

***

Das Silberbesteck sieht wieder schön aus. Ileana hat es über Nacht zusammen mit viel Aluminiumfolie in Salzwasser eingelegt und dann hingebungsvoll geputzt. Vielleicht war es doch zu viel, zwölf Gäste zum Essen einzuladen, mit ihr und Gabi würden sie zu vierzehnt sein. Das Besteck liegt auf Geschirrtüchern zum Trocknen aus und füllt fast die ganze Theke in ihrer großen offenen Küche. Sie poliert das Besteck ein letztes Mal und arrangiert es auf dem Tisch für die verschiedenen Gänge. Zu viele Leute? Früher hätte sie solche Bedenken nicht gehabt. Als sie noch mit Ferdinand zusammen war, hat sie sogar Salons und Lesungen veranstaltet. Doch das ist schon über zwanzig Jahre her, das war gleich nach der Wende, als sie nach Berlin zogen, sich für so gut wie nichts ein Stadthaus in Mitte kauften und alle sie fragten, ob sie wahnsinnig wären. Oh, sie waren wahnsinnig, es hat sich wie eine zweite Jugend angefühlt damals, die zweite Jugend nicht mehr ganz junger Menschen, die das Leben noch einmal auskosten wollen. Die Wohnung, in der sie heute lebt, findet sie auch schön, aber sie wird immer ein wenig nostalgisch, wenn sie an jenes Haus denkt. Je älter sie wird, desto mythischer kommt ihr diese Zeit vor. Sie hatten beide geerbt. Ferdinand war Anwalt geworden, und sie hatte nach einem langen Studium eine Biografie über Franz Liszt geschrieben, den großen Wunderknaben und Weiberheld; das Buch hatte Beachtung gefunden, zumindest in bestimmten Kreisen. Doch in Wahrheit haben sie diese Abende nur zwei, drei Jahre lang veranstaltet.

Irgendwann war die zweite Jugend vorbei. Erst war Ferdinand immer öfter verreist, dann wollte er wieder nach Zürich zurückziehen, allein. Dort hatte er sie dann für eine Anwältin verlassen, im gleichen Alter wie sie, wenigstens dieses Klischee hatte er ihr erspart. Aber auch sie war während Ferdinands immer längeren Abwesenheiten nicht unschuldig gewesen.

Ileana lädt immer noch gerne ein, sie mag es, Leute zusammenzubringen. Es gibt ihr so etwas wie Sinn, vor allem nach den letzten beiden Aufenthalten im Spital. Es dauerte lange, bis sie sich davon wieder erholt hatte. Das Silberbesteck ist auf dem Tisch platziert, und sie ist zufrieden. Sie schaut sich in der Wohnung um. Die Terrasse leuchtet im warmen Glanz der Lichterketten. Sie hat einen großen Kranz aus Magnolienblättern an der Wohnungstür angebracht und dutzende Töpfe mit Amaryllis-Pflanzen aufgestellt, deren Blüten hellgrün oder rosagestreift auf langen Stielen über den dicken Zwiebeln thronen. Eine Aufnahme von »Schwanensee«, die Jonas ihr ans Herz gelegt hat, als sie ihn vor ein paar Monaten in Philadelphia traf, läuft im Hintergrund. Sie hat keinen Baum gekauft. Sie hat darüber nachgedacht. Doch dann hat sie die Kartons mit der Weihnachtsdekoration aus der Abstellkammer geholt, einen Blick auf den Glasschmuck geworfen, der noch von ihren Großeltern und Eltern stammte und war zu traurig geworden, um den Plan in die Tat umzusetzen. Die Vorweihnachtszeit und das Fest selbst sind die einzige Zeit im Jahr, wo sie es ein wenig bereut, keine Kinder zu haben. Sie muss daran denken, wie schön sie diesen Schmuck fand, als sie selbst klein war. Wie sie vor dem Baum stand und verträumt die Engel mit ihren weiß-goldenen Kleidchen betrachtete, die Kugeln mit ihren geometrischen Mustern in Rosa, Pastellgrün und hellem Blau, die Kerzen, deren Wachs sie heimlich aufs Kleid tropfen ließ.

Es klingelt. Gabi, ihre einstige Hausangestellte, geht zur Tür. Sie ist gekommen, um ihr bei der Vorbereitung des Essens zu helfen. Inzwischen sind sie befreundet, sie sind beide zusammen alt geworden.

»Danke, dass du da bist.«

»Natürlich.« Gabi ist etwas peinlich berührt. Ileana merkt, dass sie etwas emotionaler, etwas aufgewühlter ist als sonst.

Sie schaut noch einmal in den großen Spiegel neben der Wohnungstür. Sie gehört inzwischen zu den Menschen, die sich nicht mehr fein machen, wenn sie zum Einkaufen mal kurz das Haus verlassen. Heute Abend hat sie eines ihrer alten Kleider aus dem Schrank geholt, es passt ihr wieder. Sie streicht mit ihren Händen an den Seiten ihres Körpers entlang, als wolle sie Falten glätten, die nicht da sind. Das Kleid schmeichelt ihrer Figur, sein glänzendes, dunkles Blau setzt sich von ihren weißen Haaren ab, ein fast schon dramatischer Effekt.

Sie erkennt Marius bereits am Schritt, daran, wie selbstbewusst er die letzten Stufen nimmt. »Marius von Kessel«, stellt er sich jetzt tönend Gabi vor. Er hat den absurden Glauben an die Wirksamkeit seines Namens. Er kann so pompös sein. Kein Wunder, dass Francesco ihn verlassen hat.

»Herzlich willkommen«, sagt Gabi, »kann ich Ihnen Ihre Jacke abnehmen?« Gabi wirft Ileana einen vielsagenden Blick zu und zieht kaum merklich eine Augenbraue hoch. Nach all den Jahren müsste Marius Gabi eigentlich kennen. »Mein Lieber!«, sagt sie und fühlt, wie wieder so ein nostalgischer Gefühlsschwall über sie kommt. Sie umarmt Marius lange und drückt ihn auch dann noch an sich, als er sich von ihr loszulösen versucht.

»Es ist schön, dich zu sehen«, sagt Marius, als sie von ihm ablässt. »Du siehst wunderbar aus.« Ileana sieht eine gewisse Traurigkeit in seinen Augen aufblitzen, diese Zeit des Jahres scheint in jedem Dinge auszulösen, die man sonst lieber unter Verschluss hält.

Aber er findet schnell wieder zu seiner Form zurück. »Und es riecht schon köstlich.«

Er schafft es, denkt Ileana, dass sogar seine Fältchen um die Augen vornehm aussehen. Er hat sie immer an einen Leoparden erinnert. Schön, aber auch gefährlich. Sie weiß, dass sie zu den wenigen Menschen gehört, bei denen er zahm ist.

Ileana liebt schwule Männer, hat sie immer schon geliebt. Ihr Bruder ist schwul und sie erinnert sich daran, wie schwer für ihn das Aufwachsen war, obwohl sie liberale Eltern hatten. Nachdem er mit vierzehn dabei erwischt wurde, wie er es mit einem Typen aus dem Arbeiterviertel trieb, hatten ihn ihre Eltern auf ein Internat in England geschickt. Es war ein furchtbarer Skandal gewesen, über den man in der Stadt in St. Gallen, wo sie aufgewachsen war, noch viele Jahre hinter vorgehaltener Hand redete. Ileana hatte nie wirklich verstanden, was ihre Eltern mit Brunos Verbannung bezwecken wollten. Einerseits war es ein Zeichen an die Öffentlichkeit, dass sie ihren Sohn zu disziplinieren wussten. Die Hotelier-Familie hatte einen Ruf zu verlieren. Andererseits war es auch der Versuch, Bruno vor den Anfeindungen und Tuscheleien zu schützen, vor dem Stigma. Vielleicht hatten ihre Eltern aber auch geahnt, dass es an englischen Colleges etwas unproblematischer war, seine schwule Sexualität auszuleben. Bruno ist in England geblieben, nach dem Schulabschluss wurde er Bankier, zog nach London und lernte dort Hugh kennen, mit dem er inzwischen sogar verheiratet ist. In zwei Wochen würde Ileana nach England fahren, um die Feier- und die Neujahrstage mit den beiden und einigen Mitgliedern der angeheirateten Familie zu verbringen.

Inzwischen sind alle Gäste eingetroffen. Ihr alter Psychoanalytiker und seine Frau, eine befreundete Literaturagentin und ihr junger Begleiter, ein Schriftsteller und sein Partner, ein Anwalt, der seinen neuesten 20 Jahre jüngeren Lover mitgebracht hatte, Peter, Claudio, Frantz und Marius. Sie sitzen am langen Tisch, den sie mit vielen, unterschiedlich hohen mattgoldenen Kerzen dekoriert hat, trinken Wein, führen sanft vor sich hinfließende Gespräche und essen die kleinen Tapenade-Wachtelei-Toasts, die sie als Hors d'œuvres vorbereitet hat. Ileana steht hinter der großen Theke und richtet den Kräutersalat mit den Pistazien und dem Orangenblütenwasser an. Sie möchte sich nicht an den Tisch setzen. Sie würde der Gesellschaft am liebsten nur zuschauen und die verschiedenen Gerüche einatmen, die das Essen auf dem Herd und im Ofen verströmen. Gabi hat die beiden Enten, die Ingwer-Orangen-Möhrchen, die Haricots verts und das getrüffelte Kartoffelpüree im Blick. Zum Dessert hat sie drei dieser köstlichen Apfel-Tartes von Aux Delices Normands gekauft. Ileana hat alle Menschen versammelt, die ihr wichtig sind. Nur Francesco fehlt, denkt sie, der gemütliche Francesco, der früher so schön war und den sie vielleicht am meisten mag. Es ist gut, dass er und Marius nicht mehr zusammen sind, denkt sie, er und der Graf, wie ihn Francesco manchmal nannte. Sie waren lange so unglücklich gewesen und hatten es nicht einmal gemerkt. Nur musste sich Ileana jetzt immer entscheiden, wen von beiden sie einlädt. Sie wischt sich ein paar Tränen aus den Augenwinkeln, die sich unbemerkt dorthin gestohlen haben.

Ileana schaut auf Gabi, die gedankenversunken die Prinzessbohnen in Eiswasser abschreckt, dann schaut sie zurück zum Tisch. Ihre schwulen Freunde waren immer so viel treuer als die Freundinnen, die sie im Laufe ihres Lebens gehabt hatte. Wenn sie einen Mann kennenlernten, heirateten und Kinder bekamen, wurden erst die Telefonate und die gegenseitigen Besuche seltener und irgendwann schienen sie zu anderen Personen zu werden, Personen mit neuen Vorlieben, Bedürfnissen und Interessen. Auch schwule Männer verlassen einen, das weiß sie, aber auf andere Weise. Ängste und Depressionen, es redet nur niemand darüber. Sie trinken oft zu viel, verfangen sich in einem zwanghaften Sexleben. Viele von ihnen bleiben ihr Leben lang alleine. Vielleicht ist das der Grund, warum sie schwule Männer so liebt, denkt Ileana. Weil sie genauso einsam sind wie sie. Sie streicht sich ihr Haar aus dem Gesicht, mengt den Kräutersalat noch einmal durch, setzt ein Lächeln auf und geht zu ihren Gästen.

***

Rauschender Applaus. Er ist erst seit ein paar Monaten Konzertmeister. Immer noch ist er stolz, wenn er die Bühne betritt. Jonas setzt sich, stimmt routiniert seine Violine und gibt den Ton für den Rest der Streicher an, die ihm ebenso routiniert mit ihren frisch gestimmten Instrumenten antworten. Es ist das beste Orchester der Welt. Der Dirigent tritt auf die Bühne, kommt auf ihn zu und gibt ihm die Hand. Er hat mit vielen Orchestern gespielt, nachdem sich seine Träume zerschlagen haben, er könne sich als Solist über Wasser halten. Dass er nach Deutschland zurückkehren konnte, so spät in seiner Karriere, und dann noch nach Berlin, war mehr als eine glückliche Fügung. Während der Dirigent zum Pult zurückkehrt, streift sein Blick über das Publikum. Der Saal der Philharmonie ist bis auf den letzten Platz besetzt. In ein paar Tagen ist Weihnachten, und die Zuhörer haben sich noch festlicher angezogen als sonst. Es ist ein Tschaikowsky-Abend, die sechste Sinfonie, das Violinkonzert, dazwischen Neue Musik, eine kurze Hommage an den Großmeister von einem zeitgenössischen Komponisten.

Jonas hat das Violinkonzert früher oft gespielt und sogar

einmal aufgenommen. Es ist sein Lieblingsstück von Tschaikowsky. Bei den Proben hat er festgestellt, dass es ihm nichts ausmachte, dass er nicht das Solo spielt, sondern die erste Violine. Er hat das Konzert so von einer anderen Seite kennengelernt und es hatte in seinen Augen noch gewonnen, es ist das berührendste Violinkonzert, das er kennt, eines der schönsten überhaupt. Das Publikum ist zur Ruhe gekommen und schaut erwartungsvoll auf die Bühne. Er kann nur die Gesichter in den ersten Reihen erkennen. Beim neuen Musikstück werden sie höflich gelangweilt dreinschauen, bei der Pathéthique aber, der Sinfonie, die der Komponist kurz vor seinem Tod geschrieben hat, werden die meisten von ihnen dahinschmelzen, und erst recht beim Violinkonzert. Das sind die Stücke, die man intuitiv versteht, die zeitlos sind. Sein Blick bleibt in der Mitte der dritten Reihe hängen. Direkt ihm gegenüber sitzt ein Freund von Ileana. Er weiß nicht, warum, aber er freut sich, ihn zu sehen.

Francesco wartet am Bühnenausgang auf ihn, wie er es gehofft hat. Nach dem Ende des Konzerts, beim Schlussapplaus, haben sie ein paar Blicke gewechselt, sich angelächelt und zugenickt. Vor dreißig Jahren, als es so aussah, als würde er berühmt werden, so berühmt wie Yehudi Menuhin oder Anne-Sophie Mutter, hatte Francesco ihn einmal interviewt und über ihn geschrieben. Danach haben sie sich erst bei Ileanas Beerdigung wiedergesehen. Jonas war mit Ileana nicht besonders eng befreundet. Aber seit sie ihn vor vielen Jahren einmal zu einem ihrer Salons eingeladen hatte, sind sie immer in Kontakt geblieben, egal, wo auf der Welt er sich gerade befand. Er hat sie sehr gemocht. Francesco hatte Ileanas Tod zugesetzt, das konnte er sehen, er war sehr still und sprach mit kaum jemandem.

»Danke, dass du auf mich gewartet hast«, sagt Jonas, als er ihm entgegengeht.

»Ich wollte nur Hallo sagen.« Francesco ist mit zunehmendem Alter kräftiger geworden, er hat einen Bauch, der aber irgendwie zu ihm passt. Jonas erinnert sich daran, dass er während ihres Interviews damals an nichts anderes denken konnte, als mit ihm zu schlafen. Er war traumhaft schön, er hätte das Gesicht einer Werbung für Mittelmeerreisen sein können. Aber er war zu ernst. Es war, als wollte er sich weigern, die Zeichen, die er ihm gab, zu verstehen, sich weigern, die schwule Sprache sexueller Anbahnung zu sprechen. Als er ihn im Taxi nach dem Interview dann einfach küsste, war Francesco panisch geflüchtet. Und er hatte guten Grund dazu, denkt Jonas. Er hatte in jenen Jahren mit hunderten von Männern geschlafen, er hatte schon bei jenem Kuss das Gefühl, er würde ihm das Herz brechen. Inzwischen sah Francesco nicht mehr so aus, als würde er es so schnell zulassen, dass ihm jemand das Herz bricht.

Sie kommen überein, in der Bar des Ritz-Carlton noch ein Glas Wein zu trinken, es gibt nichts anderes in der Nähe, wo man hingehen könnte. Der Weg dorthin ist von frisch geschnittenen, kleinen Tannen gesäumt und in den kahlen Straßenbäumen hängen Lichtergirlanden, die in verschiedenen Mustern immer wieder vor dem kahlen Nachthimmel aufleuchten. Es ist kalt und sie sind froh, als sie die Hotelbar erreichen, die mit ihren Arrangements aus glänzenden goldenen, roten und grünen Weihnachtskugeln und üppigen dunkelroten Poinsettien schon von außen Wärme verspricht. Als sie an der Bar Platz genommen haben, erzählt Francesco ihm, wie sehr er Ileana vermisst. Er muss fast täglich an sie denken. Im Herbst, nach einer erneuten Diagnose, berichtet er, habe sie ihren Schweizer Pass aus ihren Unterlagen genommen und sei, ohne jemandem davon zu erzählen, ins Engadin gefahren, um sich von den Ärzten einer dortigen Klinik beim Sterben helfen zu lassen.

»Ich verstehe, dass sie nichts erzählt hat«, sagt Francesco, »ich hätte wahrscheinlich nur versucht, sie davon abzuhalten. Ich hätte ihr den Abschied schwergemacht, aus egoistischen Gründen.« Jonas legt seine Hand auf die Hand von Francesco, während er das sagt. Sie bleiben eine Weile so, dann zieht er sie unsicher wieder weg, er ist selbst etwas überrascht von seiner Geste und kann nicht einschätzen, was Francesco darüber denkt.

»Ich vermisse sie auch«, sagt er schließlich. »Sie hat zum Schluss so allein gewirkt. Ich wollte sie immer in den Arm nehmen, wenn ich sie sah.« Sie stoßen auf die gemeinsame Freundin an und sind für eine Weile still.

Francesco ist kein Musikkritiker geworden, erfährt Jonas. Er hat das Schreiben irgendwann aufgegeben. Nach seinem Studium hat er begonnen, für eine Stiftung zu arbeiten, die Stipendien an junge Musiker vergibt. Heute leitet er die Stiftung. Er lebe seit einigen Jahren wieder alleine, sagt er, und habe den Eindruck, dass das auch erst einmal so bleiben werde. Sie unterhalten sich darüber, wie es ist, Weihnachten alleine zu feiern, wie schwierig das am Anfang ist, wie verletzt man sich zunächst fühlt, aber wie man über die Jahre die Ruhe während der Feiertage zu schätzen lernt, diese sondersame Ruhe, die es nur dann gibt, überall auf der Welt, egal, wo man sich befindet.

»Ich weiß übrigens noch, worum es in deinem Artikel damals ging«, sagt Jonas unvermittelt. Francesco schaut ihn amüsiert an.

»Um Tschaikowsky und seine große Liebe, oder? Ein junger Violinist, Iossif Kotek. Du erinnerst dich daran?«

Er erinnert sich sehr gut. Der Artikel handelte davon, dass Tschaikowsky die glücklichste Zeit seines Lebens mit Kotek verbrachte, während er das Violinkonzert schrieb, in Clarens am Genfer See, auf dem abgeschotteten Anwesen einer Mäzenin. Es ist das fröhlichste Stück des Komponisten und sein einziges Konzert für die Violine. Er hat es Kotek, der ein brillanter Geiger war und früh starb, auf den Leib geschrieben und sich von ihm bei der Ausarbeitung bestimmter Partien helfen lassen. Der Text hatte Jonas ein neues Verständnis für das Werk eröffnet und er hat oft an ihn denken müssen.

»Du hast geschrieben, dass das Stück von der Entgrenzung der Liebe angetrieben wird, vom Glück der sexuellen Auflösung des Selbst.«

Francesco schaut ihn lange an, schüttelt den Kopf und sagt, dass er sich eigentlich gar nicht mehr sicher sei, warum er das damals so geschrieben habe.

»Vielleicht haben beide, Kotek und Tschaikowsky, diese Entgrenzung nur so intensiv erfahren, weil sie wussten, dass sie nur jene wenigen ungestörten Monate hatten. Sie hatten nie die Chance, das kennenzulernen, was Liebe auch sein kann.«

»Das Leben ist so kurz«, sagt Jonas, ohne zu wissen, was er damit eigentlich sagen will oder warum er es sagt. Etwas an dieser Unterhaltung scheint ihn aus dem Gleichgewicht zu bringen, aber nicht auf eine unangenehme, sondern auf eine schöne Weise. Francesco erwidert nichts, sondern schaut ihm einfach nur lange in die Augen. Er hat sich so verändert. Und je länger er seinen Blick erwidert, desto aufgeregter fühlt sich Jonas und desto stärker wird eine Ahnung, die er schon lange nicht mehr hatte, eine Ahnung, die er ohnehin nur selten gehabt hatte. Vielleicht würde er dieses Weihnachten nicht alleine verbringen.

Malte Welding

Bitte beachten Sie die Lücke

Von den Mitfahrenden waren wohl nicht viele in der Philharmonie gewesen. Jossi und Marie saßen in der Bahn Richtung Pankow, auf dem Weg nach Hause in die Kastanienallee. Es war der 20. Dezember.

Gegen die Scheiben der Bahn taumelte leidenschaftslos Schnee, die Sitze erinnerten sie an die in dem Nissan Micra, den Marie einmal als Studentin gefahren war, das Neonlicht ließ ihre Hände grünlich aussehen. Es war der erste Abend, an dem sie Paulchen bei einer Babysitterin gelassen hatten. Drei Monate alt war er. Viel zu jung, um bei Fremden zu sein. Marie sah angespannt auf ihr Handy.

An der Tür wankten drei Frauen, die nicht so jung waren, wie sie sich fühlten, unablässig hin und her.

Jossi schaute verächtlich in Richtung der drei Gesichtssekretärinnen, die kaum Halt fanden an den Haltestangen. Marie hatte diesen verächtlichen Blick früher geliebt, aber jetzt fürchtete sie ihn.

Die drei betrunkenen Frauen redeten hysterisch aufeinander ein, lachten grell und hatten aus irgendeinem Grund Karnevalshüte auf. Ständig stießen sie auf irgendetwas an mit ihren Piccolofläschchen.

»Karneval«, sagte Jossi, »ist ja auch so ein Christen-Fest.« Er nahm seine Brille ab, zog ein Tuch aus der Manteltasche, wischte mit seinen Architektenhänden sehr sorgfältig imaginären Schmier von beiden Gläsern, setzte die Brille wieder auf, strich die Haare an den Bügeln vorbei glatt und sagte: »Punkt für mich.«

Marie wollte ihrem gemeinsamen Sohn Paul ein Weihnachtsfest bereiten, genau so, wie sie es als Kind gehabt hatte. Mit Weihnachtsbaum, Lametta, Kugeln, grünen schweren Servietten, Keksen, Lebkuchen und einer Krippe. Paulchen würde es nicht mitbekommen, aber es würde eine Tradition begründen.

Für Jossi kam das nicht in Frage. Als er sie kennengelernt habe, hatte er Anfang Dezember gesagt, als sie zum ersten Mal davon sprach, da sei sie noch ohne jede Frage Atheistin gewesen. »Nicht einmal Agnostikerin?«, habe er sie damals gefragt, sechs Jahre war das her, sie hatten auf einer Wiese gesessen, frisch verliebt, und sie habe geantwortet, Agnostiker seien Feiglinge.

»Und jetzt bist du auf einmal christlicher als Mutter Teresa«, hatte er gerufen, und sie hatte so ruhig es ging erwidert: »Du warst doch auch nie gläubig, und auf einmal höre ich nur noch Jude hier, Jude da!«

»Wir sind keine Religion, wir sind ein Volk. Ich muss nicht daran glauben, Jude zu sein, ich bin's einfach. Frag Hitler.« In den seitdem vergangenen drei Wochen hatten sich ihre Positionen eher noch verhärtet.

»Bitte beachten Sie beim Aussteigen die Lücke zwischen Zug und Bahnsteigkante.«

Jossi fragte sich jedes Mal, wenn er Bahn fuhr, was zum Glück selten vorkam, woher diese Stimme kam. Das fand er noch unheimlicher als den als Bitte formulierten Befehl selbst. Diese Ortslosigkeit. Wo die Frau den Satz wohl aufgenommen hatte? Wie sie wohl aussah? Er schob die Brille hoch und massierte kurz seine Nasenwurzel.

Seine Mutter hatte immer gesagt, er sei sogar für einen Juden neurotisch, und er hatte gesagt, »sogar für einen Juden« sei ein antisemitischer Satz. Sie sei eine von den judenhassenden Juden, deshalb fühle sie sich auch in Deutschland so wohl.

»Bitte beachten Sie die Lücke.« Vielleicht sollte es im Standesamt so eine Stimme geben, die regelmäßig durch die Hallen klingt. »Bitte beachten Sie die Lücke, jetzt sehen Sie die Unterschiede vielleicht nicht, aber bald werden sie zutage treten und dann ist es zu spät.«

Als Marie im achten Monat war, hatte er ganz nebenbei, es war an der Kasse bei EDEKA, gesagt, er wolle seinen Sohn in der jahrtausendealten Tradition seines Volkes erziehen.

»Welches Volk?«, hatte sie gefragt, während sie schwitzend Äpfel auf das Band packte, und er hatte geantwortet, dass sie vielleicht noch einmal in Ruhe darüber reden müssten.

Ruhe hatten sie dann nicht mehr viel gehabt, der Kleine war etwas zu früh gekommen und ein fürchterlich unruhiges Kind. Paulchen machte alles laut, er aß laut, er furzte laut, er ruhte sogar laut. Die Hebamme sagte, das sei normal, aber die Hebamme war selber nicht normal, zählte also nicht. Da waren sich Jossi und Marie einig, das war so ziemlich das letzte Mal.

Jossi wollte Paulchen beschneiden lassen. Marie fand die Vorstellung barbarisch. Sie hoffte, durch die Wochenbettdepression genug Mitleidsbonus zu bekommen, aber Jossi konterte jeden Depressionsschub mit Holocaust-Geschichten.

Es war natürlich nicht so, dass sie weinte und er mit einem: sie sei wenigstens nicht vergast worden, reagierte. Er erzählte eben beim Abendbrot Geschichten aus dem Holocaust statt Geschichten von der Arbeit.

Sein Großonkel Joseph, von dem er seinen Namen hatte, war von einem sächsischen Hausmeister, der seiner Familie Unterschlupf geboten hatte, als kleiner Junge vergewaltigt worden. Der kleine Joseph hatte immer einen Groschen dabeigehabt, einen Notgroschen, hatte die Mutter gesagt, er hatte dem

Hausmeister die zehn Pfennig geboten, damit er von ihm ablasse, aber in dieser Not hatte der Groschen nichts genutzt.

Nach ein paar Mal langweilte er den Hausmeister wohl, der gab der Gestapo einen Hinweis, und alle landeten im Lager. Nur Großonkel Joseph überlebte.

Marie sah ein, dass sie keinen moralischen Vorteil aus ihrer Trübseligkeit ziehen konnte. Sie hatte einen Kompromiss vorgeschlagen: Wenn Paulchen alt genug sei, könne er sich doch selbst entscheiden, worauf Jossi schrie, es hätte die Juden nicht 6000 Jahre gegeben, wenn sich jeder hätte aussuchen können, wie sein verdammter Schlong ihm gefiele.

Der Schnee flog nun entschlossener gegen die Scheiben. Draußen sah es schlimmer aus als in der Bahn. Marie griff nach Jossis Hand. »Ich mache mir Sorgen um Paulchen«, sagte sie. »Sie wird schon wissen, was sie macht. Alle sind sehr zufrieden mit ihr«, sagte er. Er sagte es nicht sehr zuversichtlich. Das ganze Konzert hindurch hatte er die Hand auf dem Handy gehabt. Aber es hatte nicht vibriert. Einmal hatte er kurz gedacht, dass die Schlange von Babysitterin bestimmt nicht anrufe, weil sie Paulchen betatschte. Er hatte von ihr so einen Vibe empfangen. Die Ammen Ludwigs XIV. hatten immer an dessen Pimmelchen rumgespielt, weshalb er so verrückt geworden war.

Dann hatte Jossi sich mit dem Gedanken beruhigt, dass eine Siebzehnjährige sich wohl eher für ihr Handy interessieren würde.

Andererseits war Paulchen – und das dachte er nicht nur, weil er der Vater war, das bestätigten ihm auf Nachfrage alle – das schönste Baby der Welt. In der Pause hatte er sich von Marie weggeschlichen und zu Hause angerufen, die Babysitterin sagte, sie habe ja schon gerade seiner Frau gesagt, dass alles in Ordnung sei. Er versuchte, aus ihrer Stimme den Kinderschänder herauszuhören, aber er war nicht sicher. Marie war also auch nervös.

Vielleicht sollten sie früher fahren.

Sie hatten es schließlich doch durch das ganze Konzert geschafft, beide hatten nach dem Schlussapplaus voreinander behauptet, zu müde für noch ein Getränk zu sein, und dann aus Gründen der neuen Sparsamkeit, die seit Paulchens Geburt herrschte (»Dafür könnte man drei Packungen Windeln kaufen«) auf das Taxi verzichtet.

Jetzt stapften sie durch den Schnee, Jossi hielt sie fest, wie er es immer tat, wenn es schneite oder regnete, und Marie überlegte, ob dieser Moment der Nähe der richtige Zeitpunkt sei, um vorzuschlagen, am Montag einen Weihnachtsbaum zu kaufen. Dieses Jahr gerne auch ohne Schmuck, einfach mal so zum Teststehen. Sie hatte es gelassen.

Am nächsten Tag beim Frühstück lag Paulchen geräuschvoll im Stubenwagen, sie aß ihr Müsli und Jossi eine gewaltige Scheibe Weißbrot mit Nutella. Paulchen hatte die ganze Nacht geweint. Beim Wickeln hatte Jossi ihn unter der Wärmelampe unauffällig auf Missbrauchsspuren hin untersucht, aber nichts entdecken können. Beide sahen sie aus, als hätten sie seit Wochen nicht geschlafen, sie steckten schlaflose Nächte nicht mehr weg wie zu Beginn.

»Vielleicht hätten wir damals sofort ein Kind bekommen sollen, dann wärst du 26 gewesen und ich 30, wäre auch nicht zu jung.« »Meinst du, dann wären wir nicht so müde?« Jossi rieb sich unter der Brille die juckenden Augen. »Wir haben doch dauernd durchgemacht. Wie hieß das noch, was wir damals immer gemacht haben?«

»Sex«, sagte Marie.

»Und wer hätte gedacht, dass dabei so was rauskommt.« Er stand kurz auf, schaute in den Stubenwagen und setzte sich wieder. »Er ist ganz ernsthaft das schönste Baby der Welt. Er sieht aus wie du. Gott sei Dank.«

In Gedanken lächelte sie, ihr Gesicht war zu müde mitzulächeln.

»Können wir morgen einen Christbaum kaufen?«, fragte sie. Sie versuchte es so tonlos wie möglich zu sagen, was ihr nicht schwerfiel, weil sie ihre Stimme schon den ganzen Morgen nicht modulieren konnte.

»He, nicht schummeln! Nur weil ich gerade sentimental bin, darfst du das nicht ausnutzen.«

Er schaltete den Fernseher an.

»Aber mach bitte stumm, Paulchen wird sonst noch unruhiger.«

Er drückte die Stummtaste.

Sie müsse doch verstehen, dass er nicht so ein Tätervolkfest feiern wolle, sagte er. Er hatte es locker sagen wollen, mit einer leichten, heiteren Note, aber der Satz war ihm ernst und dunkel geraten.

Es seien doch alle irgendwie ein Opfer Hitlers, sagte Marie kauend.

Jossi lachte. »Paulchens Urgroßvater ist in Russland mit dem Panzerwagen gegen den Baum gefahren – das ist wohl eher ›Sich opfern für Hitler‹ als ›Opfer von Hitler‹.«

Marie sagte nichts. Sie hatte in Geschichtsdokus als Kind den Deutschen die Daumen gedrückt. Das war sie gewohnt von den Weltmeisterschaften, bei denen sie und ihre Brüder ausnahmsweise länger aufbleiben durften. Es war immer warm, wenn Weltmeisterschaft war, Hochsommer, es gab kalte Limonade im Garten und gegrilltes Fleisch, sie saßen auf Hollywoodschaukeln und Gartenstühlen und feuerten Deutschland an, der Vater war guter Laune, solange sie gewannen, und dann nur kurz geknickt, wenn es wieder einmal vorbei war.

Pech gehabt, Schwamm drüber. Marie stand auf und schaute aus dem Fenster. Jossi aß schweigend weiter, während er auf dem stummgeschalteten Fernseher die Kanäle wechselte bis 32 und dann wieder runter.

Sie hatte gewusst, dass die Geschichtsdokus irgendwie etwas anderes waren als die Fußballübertragungen, aber sie hatte dieses Gefühl, dass Deutschland England besser schlagen sollte, erst recht spät ablegen können, so mit 13, 14. Umso länger schämte sie sich. Manchmal versuchte sie zu rationalisieren. Sie sei ja noch ein Kind gewesen. Es sei ja nicht um den Holocaust gegangen, Gott bewahre, sondern nur um den Krieg. Die Engländer waren ja auch keine Heiligen, und die Amerikaner hatten gleich zwei Städte ausgelöscht mit jeweils einer Bombe.

Sie verstand, dass das alles Quatsch war, sie wählte, seit sie wählen konnte, die Grünen, sie war für Asylbewerber und hatte bestimmt noch ein One-World-T-Shirt irgendwo rumfliegen, aber im Herzen war sie wohl ein Nazi, wenigstens ein Rommel-Nazi, ein guter, netter, nichts gegen Juden habender Nazi, der einfach nur einen Krieg gewinnen und ein wenig Land erobern wollte.

Marie titschte leicht mit der Stirn gegen die Fensterscheibe.

»Ichbinkeinnaziichbinkeinnaziichbinkeinnazi«, murmelte sie lautlos, als sei sie eine Yogakuh.

Sie lachte über sich, aber es half. Sie fühlte sich jetzt gerade mal wirklich nicht wie ein Nazi.

»Ich bin kein Nazi«, sagte sie mit fester Stimme. »Und Paulchen ist kein Nazi. Er hat keine Nazigene, die hat er nicht von seinem Großvater, der ist Strafrechtler und verteidigt ärmere Leute fast kostenlos, und auch nicht von seiner Großmutter, die ist Hautärztin.«

»Mengele war auch Hautarzt, jedenfalls Arzt.«

»Jetzt wirst du geschmacklos.«

»Weißt du, was auch geschmacklos ist? Alle Juden umzubringen, ein paar übrig zu lassen und denen vom ersten Tag an zu erzählen, niemand sei schuld und man müsse doch mal endlich die Geschichte Geschichte sein lassen. Weißt du, wie lange wir auf die Babylonier sauer waren? Mindestens dreitausend Jahre. Und die hatten nicht einmal Gas.«

Er stand auf und nahm sie in den Arm. Natürlich sei hier weit und breit niemand Nazi. Aber es sei doch jetzt schon alles wie unter Kaiser Wilhelm. Die schrecklichen Gebäude, die sie überall hinbauten. Die Namen, die sie ihren Kindern gaben.

Die Lieder, die sie sangen.

Seine Augen blickten hinter den dicken Brillengläsern traurig wie die eines klaustrophoben Aquariumfischs.

»Diese Panzerfahrermusik. Und dann: Friedrich. Heinrich. August. Das sind doch Untertanennamen.«

»Aber so hießen doch Könige?«

»Na eben, ist doch klar.«

»Deine Logik!« Ihre Brustwarzen juckten. Sie drehte sich um und kratzte sich vorsichtig unter ihrer Bluse.

Sie würden sich nicht einigen können. Jossi setzte sich wieder. Den Rest des Frühstücks hörten sie Paulchens Geräuschen zu. Dann stillte sie das Baby, und er ging an sein Zeichenbrett.

Am frühen Nachmittag besuchte er seinen Vater. Er erzählte ihm, dass Marie sogar einen selbsternannten Experten bei der Berliner Zeitung um Rat gefragt habe.

Der habe ihr geraten, Weihnukka zu feiern.

»Weihnukka?« Jossis Vater goss sich einen Sherry ein, schaute Jossi fragend an, der nickte, und der Vater füllte noch ein zweites Glas.

Und der Experte habe Paulus zitiert. Es komme nicht darauf an, ob man beschnitten sei oder unbeschnitten, sondern darauf, die Gebote Gottes einzuhalten.

»Ausgerechnet Paulus.« Der Vater trank seinen Sherry mit einem Schluck und goss sich noch einen ein, bevor er Jossi sein Glas gab.

Man könne auch das December Dilemma Chess Set erwerben, zitierte Jossi den Experten weiter. Der hatte wohl gegoogelt und entdeckt, dass das, was Jossi und Marie da erlebten, in den USA ein so verbreitetes Problem sei, dass es einen eigenen Namen hatte, December Dilemma eben.

»Und dann sollt ihr Schach spielen um die Zukunft eures Erstgeborenen?«, fragte sein Vater. Beiden war jetzt warm vom Sherry.

Sein Vater stand auf, nahm ohne noch einmal nachzufragen Jossis Glas, goss beiden nach und sagte: »Junge, ich muss mal ein ernstes Wort mit dir reden.«

Den ganzen Abend dachte Jossi darüber nach, was sein Vater gesagt hatte.

Dann ging er zu Bett, noch während Marie den Tatort schaute. Am nächsten Morgen wechselte er sein Shirt, das er durchgeschwitzt hatte. Dann legte er sich noch einmal hin und lauschte Maries ruhigem Atmen und dem neurotischen Rattern von Paulchen.

Als Marie erwachte, schaute sie ihn fragend an, aber sein Blick verriet keine Antwort.

»Ich habe gleich noch einen Termin«, sagte er. Eine Katzenwäsche und ein hastiges Frühstück später drehte er den Zündschlüssel im Volkswagen (»Ausgerechnet ein VOLKSwagen!«, dachte er).

Gegen Mittag stand er wieder im Wohnzimmer. Er ging auf Marie zu und blieb einen halben Schritt vor ihr stehen.

»Mein Vater hat gesagt, ich solle nicht so ein Schmock sein.« Sein Vater hatte etwas viel Derberes gesagt, aber Schmock war eine familientaugliche Übersetzung.

»Wir Juden hätten nicht so lange überlebt, wenn wir herzlos wären. Und da hat er ja nicht total Unrecht. Du hättest unseren Sohn neun Monate, na ja, nicht ganz neun Monate in deinem Bauch getragen, die Schmerzen ertragen, ich meine: Wenn ich du wäre, würde ich mir sofort die Gebärmutter rausoperieren lassen, damit das nie wieder passiert. Noch weniger als an Gott glaube ich an Interreligiosität, ich mag keinen Lebkuchen und ich könnte schwören, dass ich eine Lamettaallergie habe, aber jede Generation begründet eine neue Tradition, da hat mein Vater wieder nicht Unrecht. Und unsere Tradition ist eben Toleranz. Oder was auch immer. Vielleicht auch Liebe.«

Maries Augen leuchteten und schimmerten gleichzeitig. Paulchen war ruhig.

»Über das Lametta können wir ja mal reden«, sagte sie.

»Zu spät.« Jossi packte drei viel zu große Schachteln mit Lametta auf den Tisch, öffnete eine nach der anderen und fing heftig an zu niesen.

»Du kriegst das Lametta und ich die Vorhaut.«

Urs Augstburger

El, cun ella

Die Frau schob das Adventsgesteck zur Seite, nahm die Karaffe und goss das Wasser sorgfältig neben ihr Trinkglas.

Draußen verklangen die allgegenwärtigen Glocken, jene der Klosterkirche zuletzt. Die Temperatur war im Laufe des Tages gefallen, die Regentropfen gefroren jetzt zu Schneegraupeln, erst bei Anbruch des Weihnachtstages würden daraus Kristallsterne werden, so, wie es sich gehörte. Heftige Windböen begleiteten den Wetterumschwung, sie pfiffen durch die Gassen des Bergdorfes und zerrten an den geschnitzten Fensterläden von Corsins Gaststube. Drinnen warfen bunt gemischte Lampen ein warmes Licht auf die Secondhand-Möbel. *Stiva Diva* hatte Corsin das Lokal nach einer legendären Skimarke getauft, die in der örtlichen Manufaktur gefertigt wurde. Er beobachtete das irritierende Verhalten der Frau drüben und machte einen ersten Schritt hinter seinem Tresen hervor, doch ihr Begleiter winkte beschwichtigend ab. Mathias Maissen nahm seiner weißhaarigen Freundin die Karaffe aus der Hand, einen Augenblick später brachte er sie herüber.

»*Ei quei uss ella?*«, fragte Corsin halblaut.

»Ja, das ist sie. Madlena.«

Corsin betrachtete die Frau eingehender. Sie war noch immer eine Schönheit, daran änderten ihre gebeugte Haltung und das feine Netz von Falten im Gesicht nichts. Wegen dieser Madlena war Corsins Freund damals ins Kloster gegangen, auch wenn er es stets anders erklärte, wegen ihr war er nach fünfunddreißig Jahren wieder ausgetreten. Das hingegen bestritt er nicht. Corsin wiederum hatte sich noch nicht daran gewöhnt, dass der ehemalige Benediktinermönch nun wieder in normalen Kleidern durchs Dorf ging und jeden Abend bei ihm in der *Stiva Diva* saß.

Was denn nun die Verkleidung sei, das Benediktiner-Gewand einst oder die Jeansjacke heute?, hatte er sich kürzlich und scherzhaft erkundigt. Eine gute Frage, hatte Mathias zurückgegeben, aber nicht mehr weitergesprochen. Was bei ihm, der vor seiner Klosterzeit einer der erfolgreichsten Werber des Landes gewesen war, äußerst selten vorkam.

»Hat ja gedauert, bis du sie mitgebracht hast«, sagte Corsin jetzt.

»Ich habe mich nicht getraut. Das Dorf ist klein und jeder Tratsch willkommen, wie du weißt. Aber ... morgen ist Weihnachten«, fügte er hinzu, als ergebe das einen Sinn.

Mathias ging durch die Gaststube zum Tischchen zurück, wo Madlena mit einer graziösen, fast zärtlichen Bewegung ihre Finger durch den See auf der Tischplatte gleiten ließ.

Corsin wandte sich anderen Gästen zu. Mit jeder Stunde wurde er wehmütiger. Er verhielt sich so normal wie möglich, ließ sich nichts anmerken, doch jede Verrichtung war vom selben Gedanken bestimmt. Heute war der letzte Abend. Nach sieben Jahren ging er nun doch in Konkurs, mit dem alten Jahr ging auch die Geschichte der *Stiva Diva* zu Ende, alle Möglichkeiten waren ausgeschöpft. Sein Herz sei eben größer als sein Geschäftssinn, hatte ihm der Schulfreund bei der Regionalbank vorgehalten und Corsin den rettenden Kredit verweigert. Dieser fand, es gebe schlimmere Vorwürfe, nur war das kein Argument für solche Verhandlungen. Der Banker hatte auch wenig Verständnis für Corsins Pläne, die *Stiva Zai* zu erweitern, im Sommer den großen Garten hinter dem Haus den Gästen zugänglich zu machen. Die Zahl der Wandertouristen nehme ohnehin stetig ab, erinnerte der Bankbeamte Corsin nachsichtig, und die Jungen, die in der Bar verkehrten, verließen das Bergdorf, sobald sich ihnen eine Möglichkeit eröffnete! Seine Analyse war nicht ganz falsch, gestand Corsin sich ein. Die Klosterschule, die das Bergdorf im ganzen Land berühmt gemacht hatte, trug ironischerweise das ihre zur Abwanderung bei, sie ermöglichte vielen Jugendlichen den Wechsel an die ferne Universität in Zürich. Eine Bar, wie sie Corsin betrieb, habe im Dorf deshalb miserable Aussichten, gab sich der Banker überzeugt, zumal sie ein wenig aus der Norm fiel und damit den Alten ein Dorn im Auge war.

Der Bankbeamte hieß Rolf. Ein Einheimischer, sein Name war nicht romanisch, dafür passte er zu ihm, das fand jeder, der Rolf kennenlernte.

Andererseits war er einer von Corsins treusten Gästen.

Die Eingangstür schwang auf. Wer von den männlichen Anwesenden nicht in Begleitung war, starrte unverhohlen hinüber. Crista gehörte zu jenen Frauen, die sich der Wirkung ihres Äußeren nicht bewusst sind. Sie setzte sich ohne Aufhebens an ihr übliches Tischchen in der Ecke. Es war Corsins liebstes Möbel im Raum. Als er das Fifties-Stück mit dem eingelegten Steinmosaik bei einem Trödler entdeckt hatte, war er versucht gewesen, es in die eigene Wohnung zu stellen. Morgen würde er genau das tun, doch heute bildete es zusammen mit zwei alten Polstersesseln ein letztes Mal die gemütlichste Ecke der *Stiva*.

Corsin winkte ihr kurz zu.

»Tut en uorden?«, fragte er dann den jungen Andrin am Tresen.

Dieser nickte, sein Blick indes verriet das Gegenteil. Andrin war Stammgast und seit Jahren Cristas stummster Verehrer. Auch er würde nun einen neuen Ort für seine abendlichen Fluchten finden müssen, dachte Corsin.

Die Spülmaschine piepste. Er wuchtete das Plastikgitter heraus und räumte die Gläser ins Gestell.

»Hast du dir das Geschenk angeschaut?«, fragte Andrin leise, aber drängend.

»Stai lucs«, bremste Corsin ihn. Er unterdrückte einen Seufzer. Andrin war ein Zauderer, stete Unschlüssigkeit sein Markenzeichen. Sollte er das Sportgeschäft des Vaters übernehmen oder einfach abhauen, so wie alle andern? Wie viele Winter als Skilehrer würde er noch aushalten, und sollte er seine Musik weiterhin im Geheimen zelebrieren? War es besser, sich bei Crista duldsam in stiller Verehrung zu üben, oder sollte er endlich mal was wagen? Es schien, als sei Andrin heute zu einer Antwort gekommen, deshalb wohl das Geschenk. Eine echte Chance gab Corsin ihm allerdings nicht. Crista kam von ihrem Mann nicht los, obwohl jeder ahnte, wie wenig sie zu Rolf passte. Aus unerklärlichen Gründen harrte sie an seiner Seite aus, und nur ganz selten flackerte Sehnsucht in ihren Augen.

Corsin kannte sie gut. Vielleicht war er sogar der Einzige, der sie durchschaute.

Verstohlen schaute Andrin zu ihr hinüber. Auch heute keine Gemütsregung in ihrem rätselhaften makellosen Gesicht. Corsin hätte Andrin am liebsten hinübergeprügelt. Stattdessen fischte er auf ihr Handzeichen eine Flasche Morellino di Scansano hervor, zugleich zupfte er halb neugierig das Zeitungspapier auseinander. Andrins Geschenk war eine – nun ja: wohl eine Lampe. Der Schirm war selbstgemacht, eine Collage aus beschriebenen, vergilbten Zettelchen, die sich über ein Drahtgeflecht spannte. Corsin stutzte. Die Schrift wirkte kindlich, war aber immer dieselbe, die Art der Zettel erinnerte ihn unvermittelt an die zerkratzten Bänke drüben in ihrer alten Dorfschule.

Corsin begriff plötzlich. Irritiert schaute er Andrin an.

»Was?«, fragte dieser nervös.

»Warst du mit Crista schon in der Schule?«

Andrin nickte.

»Hast du mir nie gesagt. Lass mich raten: Das da ist ihre Schrift?«

Andrin nickte wieder.

»Du hast all die Zettel ...?«

»Gesammelt!«, beendete Andrin seine ungläubige Frage. »*Exakt!* Jedes Briefchen gesammelt, das sie in der Klasse an ihre Freundinnen weitergegeben hat. Hab ich denen abgeluchst, oder aus dem Papierkorb gefischt, vom Boden aufgenommen, zwischen zwei Pulten abgefangen ...«

Corsin fuhr sich durch die struppigen Haare. Was würde ihm dieser letzte Abend noch bescheren? Andrin war der größte Romantiker, der ihm jemals untergekommen war, das Geschenk bestätigte es.

»Du wirst ihr das nicht geben«, sagte er brüsk.

»Nicht?«

»Die hält dich sonst für verrückt. Die meint, du seist ein ... wie sagt man gleich?«

»Stalker?«, sagte Andrin, dem diese Folgerung nicht ganz fremd schien.

Mathias platzte in ihren Wortwechsel. Er gehe rauchen, ob Corsin in der Zwischenzeit ein Auge auf Madlena habe. Corsin griff in die Schublade, wo er für Mathias die Zigaretten aufbewahrte. Er nahm eine aus dem Päckchen und reichte sie seinem Freund.

»Noch drei diese Woche.«

Mathias ging hinaus. Corsin drückte mit der Hüfte die Schublade zu. Ab morgen würde Mathias sich selber zügeln müssen. Seine alte, neue Freundin würde das nicht übernehmen können. Versonnen schaute er zu Madlena hinüber. Das Verhängnis hatte anscheinend damit begonnen, dass Madlena, kaum war die Liebe der beiden entbrannt, mit ihren Eltern nach Chicago ziehen musste, vermeintlich für immer. Ende der 1950er Jahre war das gewesen, und Mathias war in seiner Verzweiflung nach Zürich geflüchtet. Er hatte alle Brücken hinter sich abgebrochen, hatte sich in der Jazzszene und in ersten Drogen-Experimenten verloren, nicht ahnend, dass Madlenas Familie nach dem missratenen Amerika-Abenteuer bald wieder ins Klosterdorf zurückgekehrt war. Erst zehn wilde Jahre später kam Mathias zur Besinnung. Er fand sich in der Werbeszene wieder, bewies sein ihm eigenes Verkaufstalent und erhielt eine gute Anstellung bei einer der damals noch wenigen Agenturen. In der alten Heimat hatte er sich nicht mehr blicken lassen. Von Madlenas Heirat mit einem ihrer Schulkollegen habe er erst viel später erfahren. Was Corsin ihm nicht ganz glaubte. Die große Sinnkrise sei ohnehin erst später gekommen, mit fünfunddreißig, und eher beruflich bedingt, hatte ihm Mathias versichert. Jeder Arbeitstag zu hoch dosiert, immer noch ein nächster Tanz auf Messers Schneide. Als nichts mehr ging, die nächste Flucht, im Zustand der kompletten Erschöpfung, diesmal zurück in die Berge. Das Kloster, in dem er seine glückliche Schulzeit verbracht hatte, nahm ihn auf. Für einige Wochen nur, hatte Mathias gedacht, dann waren es zur Überraschung aller plötzlich Monate geworden. Weil er nichts mehr ersehnt hatte als diese Stille in der Benediktiner Abtei. Noch heute behauptete er zwar von sich, er sei nicht mal richtig katholisch, bloß ein Mystiker. Das Kloster, seit Jahrzehnten geprägt von den vielen Internatsschülern aus der ganzen Schweiz, war alles andere als weltfremd. Das machte es Mathias leichter. Bald hatte er den Gestaltungsunterricht übernommen und brachte den Schülern erst bei, zu sehen, und dann, wie er es ausdrückte, zu erkennen, was sie sahen. Madlena, seine große Liebe, hatte Mathias nie vergessen. Er sah sie nur sehr selten, und von ihr jedes Mal unbemerkt. Sie war auf den Hof ihres Mannes in ein schwer zugängliches Nebental gezogen, fast dreißig Kilometer über dem Klosterdorf. Im Winter blieb sie von der Umwelt praktisch abgeschnitten. Im Sommer führte Mathias die eine oder andere ausgedehnte Velotour schon mal zufällig in die Nähe des Hofs, so hatte er sie manchmal aus dem Schutz einer Fichtengruppe beobachtet. Wie sie den Garten besorgte, wie sie mit ihren Kindern spielte, wie das Sonnenlicht erst in ihren schwarzen, später in den grauen Haaren schimmerte ... Mehr war nie gewesen.

Im vergangenen Jahr war Madlenas Mann gestorben. Und vor vier Monaten hatten ihre Kinder sie ins Pflegeheim bringen müssen. Mathias war ihr bald darauf in der Kirche begegnet, hatte sie während jenes Gottesdienstes keine Sekunde aus den Augen gelassen und dem Abt noch am selben Tag seinen Austritt aus dem Kloster verkündet.

Er habe jetzt eine andere Aufgabe.

Seither verbrachte er jeden Tag einige Stunden mit Madlena. Seinen Entscheid, das Kloster zu verlassen, habe er nie bereut, hatte Mathias erst kürzlich versichert.

Dabei, dachte Corsin, erkannte Madlena ihn meist gar nicht. Sie zupfte drüben eben Tannzweige aus dem Adventsgesteck. Corsin betrachtete erneut Andrins seltsame Lampe. Auf einem der Zettelchen las er den Bandnamen »Fugees«. Es brachte ihn auf eine Idee.

»Welches war ihr Lieblingslied damals?«

Andrin beugte sich über den Tresen und deutete auf ein anderes Briefchen.

Corsin tippte »Killin' me softly« in seinen Laptop. Aus Nostalgie wählte er das Original von Roberta Flack, wie immer verwünschte er die langsame Internetverbindung hier in der Surselva. Er nutzte die Zeit des Downloads und brachte Crista ihren Wein.

»Viva! In bi nadal.«

»Semegliont, Corsin, engraziel.«

Einen Moment lang war er versucht, sich zu ihr zu setzen und ihren Rolf in das verdient schlechte Licht zu rücken. Corsin hatte sich viel zu lange nicht mehr mit ihr unterhalten. Crista wusste noch nicht mal, dass er Fjodor nach der Steinbockjagd im Oktober hatte einschläfern müssen, oder dass er aus einer Laune heraus den Rest seiner Schafe verkauft hatte. Ebenso wenig hatte er ihr vom letzten Streit mit seiner Tochter erzählt unten im Tal, oder vom Konkurs, und was er jetzt zu tun gedachte.

Corsin behielt das meiste für sich. Priester bleiben stets auf ihrer Seite des Beichtstuhls.

Er lächelte. Mit Ausnahme von Mathias natürlich.

Zurück am Tresen, sah er, dass der Download abgeschlossen war. Er beugte sich zu Andrin vor.

»Versuchen wir es mal altmodisch. Bring ihr während des Liedes diese Rose.«

Er zog sie aus der Vase und startete das Lied. Gespannt warteten die beiden auf die Reaktion von Crista. Schon bei den ersten Takten horchte sie auf. Sie wurde gar etwas blass, schien es Corsin, gleichzeitig zog jemand anderes ihre Aufmerksamkeit auf sich: Madlena. Die alte Frau stand plötzlich mitten auf der sonst nie genutzten Tanzfläche der *Stiva*. Sie legte ihre Hand auf eine unsichtbare Schulter und begann zu tanzen. Ihr Blick war plötzlich beseelt, ihr Gesicht weniger starr als zuvor. Das zögerliche Tocken ihrer Absätze wurde lebhafter, sie hörte offenbar einen ganz anderen Rhythmus. Der Anblick war berührend und beängstigend.

Mathias hatte sie durchs Fenster gesehen, er kam hereingeeilt, blieb dann aber stehen. Ihr Lächeln! Seit Tagen das erste Lächeln.

Corsin setzte sich behutsam auf einen der Stühle an der Bar. Das war nicht das, was er mit dem Lied bezweckt hatte.

Das entrückte Gesicht der alten Frau ergriff ihn, so wie jeden im Raum, der die Szene beobachtete.

Wer war der Unsichtbare aus der Vergangenheit, der Madlena vor ihren Augen in eine junge Frau zurückverwandelte?

Corsin sah ein Glitzern in Mathias' Augen.

Dieser hatte die Tannenzweige aus dem Adventsgesteck in Madlenas Hand entdeckt. Ihr einziger Kuss, nach der *procession da sogn Placi*, im Fichtenwald über dem Kloster. Vierundfünfzig Jahre her.

Die Musik in der Ferne, ihre geschlossenen Augen, der Duft von Harz in der Sommersonne ...

Jetzt lächelte auch Mathias, doch im selben Moment erstarrte Madlena. Ihr Arm blieb angewinkelt in der Luft stehen, ihre Hand ragte ins Leere, der erinnerten Berührung beraubt.

Mathias ging vorsichtig zu ihr.

»Komm.«

Er nahm ihre Hand. Sie ließ es geschehen. Unter den verstohlenen Blicken der Gäste, etliche darunter Skitouristen, führte er sie an den Tisch zurück.

Die Gespräche flackerten nur langsam wieder auf.

Corsin musste alle seine Überredungskünste aufbieten, damit Andrin mit seiner Lampe nicht alles verdarb und weiter auf die Rose vertraute. Als er schon aufgeben wollte, winkte Crista ihn zu sich. Er ging hinüber.

»Jeu sto ir.«

»Jetzt schon? Du bist doch eben erst gekommen.«

»Eigentlich habe ich auf Rolf gewartet ...« Sie verstummte, nur um gleich darauf zu fragen: »Wer ist das bei Mathias?«

Corsin fiel auf, wie aufgewühlt sie wirkte.

»Madlena. Seine große Liebe.«

»Ich habe sie hier noch nie gesehen.«

»Sie ist von hier, hat aber oben im Val Medel gelebt. Die beiden haben sich ein Leben lang verpasst und erst kürzlich wiedergefunden.«

Crista schaute ihn ungläubig an. »Sie haben sich verpasst?«

»Mathias nennt es so. Solche Dinge geschehen.«

Kaum hatte er ihr das Retourgeld gegeben, sprang sie ruckartig auf. Sie küsste Corsin flüchtig auf die Wange.

»In bi nadal. Und ... Ich warte draußen.«

Hatte er sich verhört?

»Di ei!«, bekräftigte sie. »Und sag es nur ihm!«

Corsin verstand erst, als Crista schon draußen in den Schneegraupeln verschwand. Er ging zu Andrin.

»Du wolltest zahlen!«, sagte er resolut.

»Pertgei?« fragte Andrin irritiert.

»Sie wartet draußen auf dich.«

»Wer?« Andrins Gesichtsausdruck war köstlich.

»Wer wohl! Vielleicht hat sie eben was begriffen.« Corsin deutete mit dem Kinn zu Mathias und Madlena hinüber.

Andrin verstand nicht wirklich, aber er hatte es plötzlich eilig.

Fünf Minuten später legte Mathias seiner Freundin den Mantel über die Schultern.

»Komm, ich bringe dich ins Heim.«

»Leave me alone, please!«

Ihr Widerstand war geringer als sonst, der Tanz hatte sie erschöpft. Mathias wünschte Corsin schöne Weihnachten, sie würden sich ja bald wiedersehen. Corsin wollte etwas sagen und konnte nicht. In der Tür kreuzten die beiden Rolf. Der Banker hielt ihnen die Tür auf und setzte sich dann auf Andrins Stuhl.

»Da, nimm!«

»Was ist das?«, fragte Corsin, unangenehm berührt, verstohlen schaute er auf den Vorplatz der *Stiva* hinaus. Hatte Rolf denn die beiden nicht mehr gesehen?

»Mach auf!«, drängte ihn Rolf.

Corsin öffnete den Umschlag und zog eine Weihnachtskarte heraus. *Vergiss die Banken!*, hatte Rolf mitten in einen Sternenhimmel geschrieben. *Mit meiner Hilfe bringen wir die Stiva wieder auf Kurs!* Corsin faltete den beigelegten Zettel auseinander, es war ein Scheck, ausgestellt auf seinen Namen, die Summe war exakt jene, die Rolf ihm in der Bank noch verweigert hatte.

»Wie soll ich das verstehen?«

»Ein zinsloses Privatdarlehen.«

Corsin war baff. »Aber warum denn jetzt?«

»Warum, warum ...! Ich lass mir doch nicht unser Wohnzimmer schließen. Crista liebt ihr Tischchen da drüben, das weißt du doch. Das Darlehen ist eigentlich ihr Weihnachtsgeschenk. Wo ist sie übrigens?«

Corsin zögerte die Antwort hinaus. »Wer jetzt?«

»Die heilige Mutter Gottes. Blödsinn: Crista.«

»Ach so!« Corsin wandte sein Gesicht ab. »Na, eben war sie noch da, sie ist, glaub ich, mit jemandem raus, einer ... Kollegin wohl?«

»Wir waren doch hier verabredet! Egal, lass uns unsere neue Partnerschaft schon mal begießen. Und Corsin!« Er wedelte mit der Hand, bis Corsin widerwillig näher kam. »Sag es nicht weiter: Die Finanzierung für das Golfhotel steht, der alte Belgierbunker da drüben wird in die Luft gesprengt, die Bauarbeiten beginnen in zwei Monaten. Deine *Stiva* steht genau am richtigen Ort, also gewöhn dich schon mal ans Champagner-Ausschenken.«

Corsin öffnete den Kühler und löste dann das Drahtgeflecht um den Korken, so langsam und umständlich, als könne er so seinem Dilemma entrinnen.

Durfte er dieses Geschenk annehmen?

Komplett ratlos schaute er in die Dunkelheit hinaus, in die Andrin und Crista eben verschwunden waren.

Draußen verwandelten sich die Schneegraupeln endlich in echte Flocken, die wild durch die Luft tanzten. Das Pflegeheim war nur zwei Straßenbiegungen von der *Stiva* entfernt. Als Mathias und Madlena dort in den gelben Lichtkegel der Straßenlampe traten, hielt auf der anderen Straßenseite gerade das Postauto. Mathias sah, wie Andrin und Crista Hand in Hand einstiegen. Lächelnd schaute er dem Bus hinterher, bis er im Schneegestöber verschwunden war. Dann zog er Madlena dichter an sich. Der Baum war geschmückt, das Geschenk lag bereit, nach zwei getrennten Leben würden sie morgen den Weihnachtsabend erstmals gemeinsam verbringen.

El, cun ella. Er, mit ihr.

Die Autorinnen und Autoren

Friedrich Ani, geboren 1959, lebt in München. Er schreibt Romane, Gedichte, Jugendbücher, Hörspiele, Theaterstücke und Drehbücher. Sein Werk wurde mehrfach übersetzt und vielfach prämiert, u.a. mit dem Deutschen Krimi Preis, dem Adolf-Grimme-Preis und dem Bayerischen Fernsehpreis. Seine Romane um den Vermisstenfahnder Tabor Süden machten ihn zu einem der bekanntesten deutschsprachigen Kriminalschriftsteller. Friedrich Ani ist Mitglied der Bayerischen Akademie der Schönen Künste und des Internationalen PEN-Clubs. Sein Roman *Der namenlose Tag* (2015), ausgezeichnet mit dem Deutschen Krimi Preis und dem Stuttgarter Krimipreis, markierte Anis Wechsel zu Suhrkamp. Sein zweiter Roman, *Nackter Mann, der brennt*, erschien im Sommer 2016. Seit 2015 ist Friedrich Ani auch mit seinen Theaterstücken im Suhrkamp Theater Verlag vertreten.

»Bescherung an Gleis 11«, S. 11. Erstabdruck in: Die Zeit N° 53/2016. © Friedrich Ani. Abdruck mit freundlicher Genehmigung des Autors.

Urs Augsburger, geboren 1965 in Brugg, Journalist, lebt und schreibt in Ennetbaden und Disentis. 1997 erschien sein erster Roman, *Für immer ist morgen*. Es folgten 1999 *Chrom* und 2001 der Durchbruch mit dem Bergroman *Schattwand*. 2004 erschien mit *Gatto Dileo* sein zweiter Erfolgsroman. Mit *Graatzug* (2007) schrieb sich Urs Augstburger endgültig in die Herzen der Leserinnen und Leser. *Wässerwasser* schloss 2009 die Bergtrilogie ab und führte sie dreißig Jahre in die Zukunft. Nach einem Verlagswechsel 2012 erschien sein vielbeachteter Alzheimer-Roman *Als der Regen kam* bei Klett-Cotta und 2015 der neueste Roman, *Kleine Fluchten*.

»El, cun ella«, S. 187. Aus: Diesmal bei uns. Neue Weihnachtsgeschichten. Herausgegeben von Susanne Gretter. suhrkamp taschenbuch 4534. © Suhrkamp Verlag Berlin 2014.

Antonia Baum wurde 1985 geboren. Sie lebt in Berlin, wo sie an der Humboldt-Universität Neuere deutsche Literatur und Geschichte studiert hat. Während des Studiums schrieb und veröffentlichte sie Kurzgeschichten, wenig später dann einen ganzen Roman. Seither erschienen außerdem von ihr: *Ich wuchs auf einem Schrottplatz auf, wo ich lernte, mich von Radkappen und Stoßstangen zu ernähren* (st 4772) und *Tony Soprano stirbt nicht*. Seit Februar 2012 ist sie Redakteurin im Feuilleton der *Frankfurter Allgemeinen Sonntagszeitung*. Dort schreibt sie vor allem über Rap, Feminismus und Literatur.

»Jane«, S. 19. Aus: Alles Lametta. Neue Weihnachtsgeschichten. Herausgegeben von Susanne Gretter. suhrkamp taschenbuch 4631. © Suhrkamp Verlag Berlin 2015.

Tanja Dückers, geboren 1968 in Berlin (West), Schriftstellerin, Literaturwissenschaftlerin, Publizistin, hat Romane, Erzählungen, Gedichtbände, Kinderbücher, Hörspiele und Theaterstücke sowie zahlreiche Essays und Kolumnen zu literarischen, künstlerischen, gesellschafts- und kulturpolitischen Fragestellungen veröffentlicht. Zuletzt erschienen ihr Lyrikband *Fundbüros und Verstecke*, das Kinderbuch *Katzenaugen-grüne-Trauben-Blitzer-Glitzer-Geistergrün* sowie der Band *Mein altes West-Berlin*. Stipendien führten sie u.a. nach Los Angeles, New Hampshire, Prag, Krakau, Flandern, Schweden, Rumänien und in andere Länder.

Sie lehrt regelmäßig in den USA Germanistik / German Studies, zuletzt am Oberlin College in Ohio. Ihre Heimatstadt Berlin ist jedoch immer wieder ein zentrales Thema in ihrem Werk.

»Selbstgestrickt«, S. 29. Originalbeitrag. © Tanja Dückers. Abdruck mit freundlicher Genehmigung der Autorin.

Anna Katharina Hahn, geboren 1970, lebt in Stuttgart. 2009 erschien ihr Longseller *Kürzere Tage* (st 4158), der auch ins Englische übersetzt wurde. Ihr Roman *Am Schwarzen Berg* (st 4422) stand 2012 auf der Shortlist für den Preis der Leipziger Buchmesse und auf Platz 1 der SWR-Bestenliste. 2016 erschien der Roman *Das Kleid meiner Mutter* (st 4777). Anna Katharina Hahn gilt als eine der wichtigsten Erzählerinnen ihrer Generation und wurde für ihre Romane u. a. mit dem Heimito von Doderer-Literaturpreis und dem Wolfgang-Koeppen-Literaturpreis ausgezeichnet.

»Wie ein Kaiser«, S. 92. Aus: Der 24. Dezember. Neue Weihnachtsgeschichten. Herausgegeben von Susanne Gretter. suhrkamp taschenbuch 4281. © Suhrkamp Verlag Berlin 2011.

Katja Kullmann, 1970 im Rhein-Main-Gebiet geboren, lebt in Berlin. Sie schreibt Bücher, Essays, Erzählungen und Reportagen. Für *Generation Ally. Warum es heute so kompliziert ist, eine Frau zu sein* erhielt sie 2003 den Deutschen Bücherpreis. Zuletzt erschien ihr Sachbuch *Echtleben. Warum es heute so kompliziert ist, eine Haltung zu haben* (2011) und die US-Reportage *Rasende Ruinen. Wie Detroit sich neu erfindet* (edition suhrkamp, 2012).

»Die Cinnamon-X-mas-Edition«, S. 133. Aus: Weihnachten kann kommen. Neue Geschichten. Herausgegeben von Susanne Gretter. suhrkamp taschenbuch 4463. © Suhrkamp Verlag Berlin 2013.

Urs Mannhart, geboren 1975, taucht immer wieder ab in literaturferne Bereiche, sei es, um möglichst gehaltvolle Stoffe zu sammeln für seine Reportagen und Romane, sei es, um

Kontraste herzustellen zur literarischen Arbeit. Auch Mannharts Literatur lebt von Gegensätzen: In *Luchs* treffen naivromantische Städter auf Bergler, die nicht ohne Grund konservativ denken; in *Die Anomalie des geomagnetischen Feldes südöstlich von Domodossola* trifft eine feurige Liebe auf stur streikende Mitarbeiter der Italienischen Staatsbahn; und in *Bergsteigen im Flachland*, ausgezeichnet mit dem renommierten Conrad Ferdinand Meyer-Preis, geraten Menschen mit besten Absichten in die widrigsten Umstände, in Krieg und Knechtschaft. Nach Anstellungen als Fahrradkurier und Nachtwächter eines Asylzentrums absolviert Urs Mannhart zurzeit eine landwirtschaftliche Lehre auf einem bio-dynamischen Bauernhof.

»Der Schnee ist weiß, aber du bist dunkel«, S. 106. Aus: Diesmal bei uns. Neue Weihnachtsgeschichten. Herausgegeben von Susanne Gretter. suhrkamp taschenbuch 4534. © Suhrkamp Verlag Berlin 2014.

Harald Martenstein, geboren 1953, ist Autor der Kolumne »Martenstein« im *ZEITmagazin* und Redakteur beim Berliner *Tagesspiegel*. 2004 erhielt er den Egon-Erwin-Kisch-Preis. Sein Roman *Heimweg* wurde im September 2007 mit der Corine ausgezeichnet, 2010 erhielt er den Curt-Goetz-Ring. Außerdem erschienen seine Kolumnensammlungen *Männer sind wie Pfirsiche. Subjektive Betrachtungen über den Mann von heute mit einem objektiven Vorwort von Alice Schwarzer* und *»Der Titel ist die halbe Miete. Mehrere Versuche über die Welt von heute.«*

»Die Heilige Familie«, S. 57. Aus: Harald Martenstein, Freuet Euch, Bernhard kommt bald! 12 unweihnachtliche Weihnachtsgeschichten. Copyright © 2013 by C. Bertelsmann Verlag, München, in der Verlagsgruppe Random House GmbH.

Kolja Mensing, 1971 in Oldenburg geboren, lebt mit seiner Familie in Berlin. Er arbeitet als Literaturredakteur bei Deutschlandfunk Kultur und schreibt Bücher. Im Verbrecher Verlag erschienen unter anderem sein Erzählungsband *Minibar* und der Essay *Wie komme ich hier raus?*, in dem es um das Aufwachsen in der Provinz geht. Zuletzt beschäftigte Kolja Mensing sich in seinem Roman *Die Legenden der Väter* (ebenfalls Verbrecher Verlag) mit der Lebensgeschichte seines polnischen Großvaters.

»Arbeit am Roman oder: Meine Großmutter verlobt sich an einem Heiligabend mitten im Krieg«, S. 146. Aus: Diesmal bei uns. Neue Weihnachtsgeschichten. Herausgegeben von Susanne Gretter. suhrkamp taschenbuch 4534. © Suhrkamp Verlag Berlin 2014.

Stefan Moster, geboren 1964 in Mainz, lebt als Autor und Übersetzer in Berlin. Seine Romane *Die Unmöglichkeit des vierhändigen Spiels* (2009), *Lieben sich zwei* (2011), *Die Frau des Botschafters* (2013) und *Neringa oder Die andere Art der Heimkehr* (2016) erschienen im mareverlag.

»Auf einfache Art«, S. 39. Originalbeitrag. © Stefan Moster. Abdruck mit freundlicher Genehmigung des Autors.

Moritz Müller-Schwefe, geboren 1990 in Frankfurt am Main. Lebt in Berlin. Seit 2013 Mitherausgeber der *metamorphosen*; seit 2015 Mitherausgeber der SuKuLTuR-Reihen *Schöner Lesen* und *Aufklärung & Kritik*.

»Weihnachten mit Frank«, S. 81. Originalbeitrag. © Moritz Müller-Schwefe. Abdruck mit freundlicher Genehmigung des Autors.

Geboren 1970 in Kiew, studierte **Katja Petrowskaja** Literaturwissenschaften in Tartu (Estland) und promovierte 1998 in Moskau. Seit 1999 lebt sie in Berlin. 2014 erschien ihr preisgekröntes Debüt *Vielleicht Esther*.

»Väterchen Frost«, S. 50. Aus: Alles Lametta. Neue Weihnachtsgeschichten. Herausgegeben von Susanne Gretter. suhrkamp taschenbuch 4631. © Suhrkamp Verlag Berlin 2015.

Hugo Ramnek, geboren 1960 in Klagenfurt, aufgewachsen in Bleiburg/Pliberk, lebt nach Studienjahren in Wien und Dublin als Schriftsteller, Lehrer und Leseperformer in Zürich. Sein erster Roman, *Der letzte Badegast*, erschien 2010 im Wieser Verlag. Mit seiner Erzählung *Kettenkarussell* (Wieser Verlag 2012) wurde er für den Bachmannpreis 2012 nominiert. Zwei Theaterproduktionen mit seinen Texten kamen 2016 zur Aufführung: *Die Tomatensuppenschleuder* (sogar theater, Zürich) und *Einersdorfer Genesis* (Bleiburger Theatertage). Im Herbst 2017 erschien im Wieser Verlag *Meine Ge-Ge-Generation. Eine Jukebox. 47 neue Texte zu alten Bluesnummern und Rockscheiben*.

»Der halbierte Feiertag« ist eine Neubearbeitung einer Episode aus *Der letzte Badegast*, S. 127. © Hugo Ramnek. Abdruck mit freundlicher Genehmigung des Autors.

Bärbel Reetz, geboren 1942, lebt in Berlin. Zuletzt erschienen von ihr die Romane *Lenins Schwestern* (2008) und *Die russische Patientin* (2006), die Biographie *Emmy Ball-Hennings. Leben im Vielleicht* (st 3240), *Hermann Hesse, Hugo Ball und Emmy Ball-Hennings. Briefwechsel 1921 bis 1927*, herausgegeben und kommentiert von Bärbel Reetz, außerdem *Hesses Frauen*, die erste Biographie über die Ehefrauen von Hermann Hesse (it 4124), und *Das Paradies war für uns. Emmy Ball-Hennings und Hugo Ball* (it 4400).

»Nächstes Jahr bei uns«, S. 117. Aus: Diesmal bei uns. Neue Weihnachtsgeschichten. Herausgegeben von Susanne Gretter. suhrkamp taschenbuch 4534. © Suhrkamp Verlag Berlin 2014.

Annika Scheffel wurde im März 1983 in Hannover geboren. Nach ihrem Abitur studierte sie Drama/Theater/Medien (auch: Angewandte Theaterwissenschaft) in Gießen und Bergen, Norwegen. Nach dem Abschluss des Studiums erhielt sie ein Stipendium der Drehbuchwerkstatt München an der HFF. In diesem Rahmen entstand ihr erstes Langfilmdrehbuch *anderswo*. Im Frühjahr 2010 erschien ihr Debütroman *Ben* (kookbooks), 2013 ihr Roman *Bevor alles verschwindet* (Suhrkamp) und 2016 ihr erstes Kinderbuch, *Nelli und der Nebelort* (Oetinger). Im Frühjahr 2018 wird ihr neuer Roman im Suhrkamp Verlag erscheinen. Annika Scheffel lebt mit ihrem Mann und zwei kleinen Söhnen in Berlin.

»Weihnachten glücklich«, S. 69. Aus: Wie immer unverhofft. Neue Weihnachtsgeschichten. Herausgegeben von Susanne Gretter. suhrkamp taschenbuch 4378. © Suhrkamp Verlag Berlin 2012.

Daniel Schreiber, geboren 1977, hat Literatur und Performance Studies studiert, als freier Korrespondent in New York und als Redakteur bei verschiedenen Zeitschriften gearbeitet. Seine Texte erscheinen in einer Reihe von Zeitungen und Magazinen, unter anderem in der *Zeit*, der *Weltkunst*, *Blau*, *DU*, *Mousse* und im *Philosophiemagazin*. Er ist Autor der Biographie *Susan Sontag. Geist und Glamour* (Aufbau/Northwestern University Press) sowie der Essaybände *Nüchtern. Über das Trinken und das Glück* (Hanser Berlin und st 4671) und *Zuhause. Die Suche nach dem Ort, an dem wir leben wollen* (Hanser Berlin).

»Tschaikowskys große Liebe«, S. 163. Originalbeitrag. © Daniel Schreiber. Abdruck mit freundlicher Genehmigung des Autors.

Malte Welding, geboren 1974, ist Drehbuchautor (»SMS für Dich«, »So viel Zeit«). Er lebt in Berlin. Zuletzt erschienen seine Bücher *Sekundenschaf. Dumm für einen Augenblick* (2015), *Seid fruchtbar und beschwert euch! Ein Plädoyer für Kinder – trotz allem* (2015) und *Hat deine Mutter Kinder? Neue Sekundenschafe* (2016).

»Bitte beachten Sie die Lücke«, S. 177. Aus: Weihnachten kann kommen. Neue Geschichten. Herausgegeben von Susanne Gretter. suhrkamp taschenbuch 4463. © Suhrkamp Verlag Berlin 2013.

Jenni Zylka, geboren 1969, wohnt seit 1988 in Berlin, schreibt Kultur- und Medientexte für Zeitungen, außerdem Bestseller und Drehbücher, moderiert ein Literaturmagazin für den WDR, ist Jurorin (Grimme-Preis), Mitglied der Vorauswahlkommission der Berlinale, moderiert Filmgespräche für verschiedene Filmfestivals und prüft Fernsehinhalte für die FSF.

»Hikikomori«, S. 99. Originalbeitrag. © Jenni Zylka. Abdruck mit freundlicher Genehmigung der Autorin.